泉《いずみ》　芳朗《ほうろう》

赭土に唄ふ

大森弘江

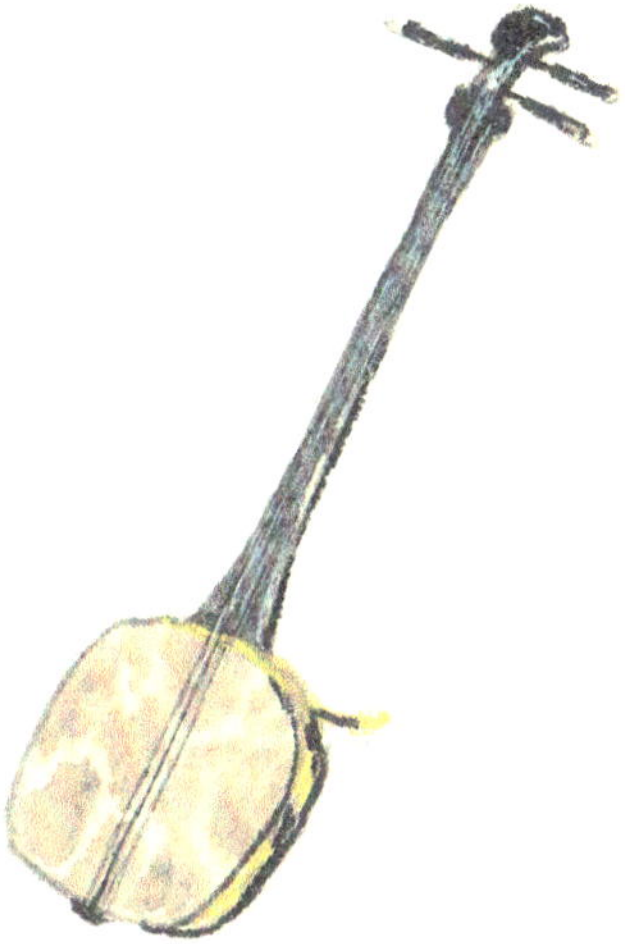

櫂歌書房

字幕
ナレーション

赭土の島

黒潮のしぶきに酔ふて八月の炎天は暗い
長々と高く低く家斑らな島の端々を縫ふ赭土の細道は
一たい何処まで続いて行くのであらう――
黒ずんだ山間へ遠く緑波を流す甘蔗畑
鋭い光刃を負ひながら
甘蔗の間打ちをする土の子たちは
其処此処に黙々とこごまってゐる
此処八月の炎天下

血滲んだ生命を抱き疲れた諸々の存在は
斉しく颱風の前の不安な予感に慄えるものの如く
陽炎のやうな祈願を噛みしめて居る

ああ炎々と燃え沈む赭土の島
其処に旧い歴史の示す我等の祖先の
果敢ない忍苦の血涙は濃く染められてある
封建の昔の苛政と隷属――
代官の酷鞭は鉄釘の如く彼等の心臓に叩き込まれ
重課と虐罰は野棘の如く彼等の行衛を遮り暗くした

それはまたこの島々を襲ふ颱風の
不可抗力的暴威と相俟って
新鮮な島の芽立ちの凡てを蹂躙し虐殺した
春秋幾重の廻りに吹き流されて
旧い痛手は今に癒すべくもない

ああしかし幾世経る墓碑の下
破綻重畳の生活史を夫々の胸に秘めて
不幸なる諸々の魂　我等の祖先は眠っている
事もなげに眠っている
見よ　さうさうと古い拳を沖天に握る榕樹
そこに強烈なる祖先の遺志は燃え
永遠に島の生命を確保する土の子の力は

根強く鍛へ上げられた
彼等は猶昔ながらの痛手に
暗い重い生活を背負ひ背負ひ
炎天の下　勇敢に赭土の島を這ふて行く

大正13年4月
鹿児島県大島郡笠利

一幕

光は濡れている

時

所

人

千九百二十四年（大正十三年）四月

鹿児島県大島郡笠利《かさり》

泉　芳朗《ほうろう》（十九歳）

平《たいら》　泰良《たいりょう》

平　しま（泰良の妻）

平　梢《こずえ》（長女　十六歳）

平　秀一《ひでかず》（長男ひで　七歳）

平　充子《みつこ》（次女みっちゃん　五歳）

平　正生《まさお》（次男まさ　二歳）

盛《さかり》　ていこ（ユタ）

恵《めぐみ》　松三《まつぞう》（村の有力者）

静《しずか》　敏夫《としお》（隣りの住人）

静　ミチコ（敏夫の妻）

要《かなめ》　重和《しげかず》（村の唄者　しいさん）

ユタの供人１・２

牧　周二（泉の同僚）

奥　忠志（隣りの学校の教師）
校長
教師1・2
中山安次郎（教師）
メイ（学校の小使い）
まつの
子供1、2、3
住民1、2、3、4、5、6

トタン葺きの二間だけのあばらやの片隅。
明かり取りの窓に寄せて、大島紬の機織り機。
平家の十六歳の長女、梢が二歳の弟正生を背に括って、一心に機を織っている。

秀一　（上手から小走りに登場）来たよ。来たよ。来た。
充子　（秀一の後ろより息をはずませて登場）来た。
梢　二人とも、「来た」はだめでしょう。きょうから、鹿児島の師範学校出のえらい先生が、家に下宿されるから、ていねいな言葉で話しなさいって、夕べかあさんからあんなに言われたのにもう忘れたの。（機から下りながら、背中に背負った正生を揺すり上げる）
梢　「来られた」と言わなきゃだめ。あれ、違うかも。シマの言葉で言えば「いもっしゃん」だから、「いらっしゃった?」「おこしになられた?」ああ、わからない。やまと口は、ほんとうに難しいんだから・・・。
芳朗　（上手よりゆっくりと登場）はっはっは。「来た」でも「来られた」でもいいですよ。
梢　まぁ、先生。まぁまぁ、すみません。聞いておられたのですか。どうしましょう。
芳朗　まぁ、正確に言えば、「いらっしゃる」は「来る」の尊敬語になるわけだから、「いらっしゃった」でいいでしょう。しかし、「来た、来た」でもけっこうです。（秀一と充子に向かい）私が来るのをずっと待っていてくれたのでしょう。その気持ちが「来た、来た」には、いっぱい込められています。言葉に心を込める。

梢　これが、何より重要なことです。
秀一　そうなんですか。そうなんですね。
　　やっぱり国語の先生だ。まちがいない。
秀一　（おそるおそる）泉先生は国語が得意だと聞いて、みんな怖がっているよ。やまと口の言い方間違えたら、ビンタ張られるかもって。学校でしまの方言が出たらどうしようって。
芳朗　君は何年生だ？名前は？
秀一　二年生。平秀一。
芳朗　平さんのところのご長男だね。
秀一　そうです。こず姉《ね》が長女で、ぼくは長男です。みつが五つで、まさが二つ。小学生はぼくだけです。
芳朗　そうか。じゃ、二年生の友だちみんなにこう伝えてくれ。学校ではできるだけやまと口を使おう。しま口は、しまの中でしか通用しない。しまを出て活躍するためには、どうしてもやまと口が話せないといかん。だから、私は、徹底的にやまと口を教えるよ。ただし、間違えたからと言って、ビンタをしたりはしない。

秀一　それ、ほんとうか。ほんとうに、ビンタしないのか。
芳朗　もちろん、ほんとうだとも。私は教育にビンタは必要ないと思っている。
秀一　そうかな。ぼくは、一日一回は先生からビンタもらっているよ。
梢　一回じゃないでしょう。
充子　ないでしょう。
秀一　二回かな、三回かも。でもこれでも少ない方なんだぞ。(不満そうに顔を上げる)
芳朗　そうか、ビンタは痛いか。
秀一　痛いに決まっているさ。こっち(平手で自分の頬を二、三回叩く)の方も痛いけど、こっち(胸をこぶしでどんどん叩く)の方はもっと痛い。
芳朗　そうか、そうだよな。私も叩かれるのは、きらいだ。だから、叩くのもきらいだ。
秀一　(まぶしそうに、無言で芳朗を見上げる)
芳朗　秀一君、誤解されてもらったら困るから言っておくけどね。私は家に帰ってまで、やまと口を使えというつもりはないんだよ。家に帰ったらしま口でどんどん話せ。しま口を忘れたらいかん。しま口にはしま口にしかないよさがある。しま口でしか言い表せないものもある。私は、しま口とやまと口、両方自由に使いこなせるようになって欲しいと思っている。

梢　あのぅ。（小さい声で）
芳朗　梢さんだね。何でしょう。
梢　泉先生のご出身は？
芳朗　徳之島です。徳之島の伊仙町《いせんちょう》。面縄《おもなわ》です。
梢　しまのご出身。よかったです。（大きく息をつく）
芳朗　私は男六人、女三人の九人兄弟の長男です。だから、いくらかでもあなたのご苦労がわかるかも知れません。
梢　いえいえ、私のことはどうでもいいのです。でも、しまの方でも学問をされて、えらくなられた方もおられるのですね。目の前で拝むことができて、ほんとうにうれしいです。
芳朗　あなたは？学校の方は？
梢　（恥ずかしそうに下を向いて）4年で行き止まりです。下に弟や妹がいますから。
芳朗　そうですか。
梢　いえ、あの、あの、私、勉強が嫌いだったわけではありません。いえ、好きでした。もっともっと上の学校に行って、いろいろなことを勉強したいと思いました。
芳朗　（うんうんと言うようにうなずく）

梢　でもこのあたりでは、女が高等科に進むことなんか考えられません。
芳朗　そうですか。
梢　はい、このあたりでは、女は男の兄弟を守る「うなり神」です。
芳朗　うなり神ですか。しまの唄にもありますね。
梢　「よいすら節」です。知っています。（小さい声で口ずさむ）

♪

船ぬたかどもに　よいすら
船ぬたかどもに　よいすら
居ちゅる白鳥ぐわ　すらよいすらよい
白鳥やあらぬ　よいすらよいすら
白鳥やあらぬ　よいすらよいすら
姉妹《うなり》がなし　すらよいすらよい

芳朗　いい唄ですね。漁に出かける時も旅に出る時も、船の高ともに手拭いをくくっておく習慣があったようですね。

梢　はい。

芳朗　船の高ともに白い鳥がとまっているよ。いや、あれは普通の鳥ではなく、姉妹神《うなり》が身をかえて白鳥になり、船旅を守ってくれているのですよ。というような意味合いでしょうかね。

梢　はい。私はひでやまさの姉妹神《うなりがみ》です。ひでやまさを守るのが私の役目です。ひでやまさには、先生のようにやまとに出て学問をしてもらいたいと思っています。

芳朗　それで、梢さんは上の学校に進むのをあきらめたというわけですか。

梢　あきらめたとか、そんなめっそうもない。恐ろしいことを言わないでください。

芳朗　実際、そうじゃないですか。

梢　女が学問をしたら碌なものになりません。とうさんもユタのていこ叔母も、いえ村の人たち、みんなそう思っています。

芳朗　じゃ、あなたはどう思っていますか。もっともっと学問をしたいと思いませんか。

梢　島では、女は兄弟を支えるために生まれてきたのです。いくら、勉強ができても何の足しにもなりません。

芳朗　そうですか。(しばし沈黙し、ゆっくりと歩きまわる。独り言のようにつぶやく)姉妹神信仰《うなりがみしんこう》は、それはそれで美しい。しかし、それは女の姉妹の犠牲の上に成り立っている。女姉妹の犠牲を正当化するためにあるものだとしたら・・・・。

梢　泉先生。お願いがあります。先生がお暇な時でけっこうです。私にも勉強を教えてください。私は、まだ十六です。やまとでは、女でも学問をしている人たちがいるというではありませんか。私は、このまま機を織るだけで一生を過ごしたくありません。

芳朗　わかりました。私でお役に立てることでしたら、何でもやります。私の持っている本を何冊かお貸ししましょう。

梢　ありがとうございます。なんだかおてんとさまがご褒美を降らせてくれたような心持ちです。

秀一　先生、いつまでこず姉と話しているの。行こう。先生の住む離れはね、こっち。

充子　こっちこっち。

秀一　鶏小屋の横の豚小屋の横の牛小屋の隣りの離れだよ。モーがいるから寂しく

芳朗　ないからね。あっ、モーは牛だよ。今はとうさんたちと畑に行っている。モーの草刈りは僕の仕事。
秀一　牛小屋の隣りか。それはそれはステキな香りがすることでしょう。
芳朗　泉先生は、牛、好きか。
秀一　ああ、好きだね。子どもの頃には、よく世話をしたよ。牛の草刈り、山羊の草刈りは、みんな子どもの仕事だった。
芳朗　そうか。じゃ、トーケーも知ってるね。
梢　トーケー？
秀一　闘鶏です。鶏のけんか。
　　僕が育てている「やちゃぼう」、すごいんだよ。今年の正月の闘鶏大会で、一番鳥になったんだから。
充子　なったんだから。
梢　野蛮なんだから。
芳朗　名前は、あの伝説の「やちゃぼう」からとったのか。
秀一　そうだよ。あの「やちゃぼう」だよ。
梢　「やちゃ」は「やんちゃ」、「ぼう」は「ぼうず」っていう意味もあるんだよ。

秀一　だから「やんちゃぼうず」。ひでにそっくり。
梢　でも、本物の「やちゃぼう」はもっともっとすごい。
秀一　へぇー。見たことがあるような言い方だね。
梢　死んだばぁちゃんから聞いたんだよ。やちゃぼうはね、親も家もないの。山でひとり暮らし。だから、よその家の食べ物を失敬することもあるけど、あまった分は、貧乏な家にほうりこんだりもするらしい。体は六尺、手も足もこーんなに、太かったらしい。樫の木の皮の褌をして、のしのし歩く姿はそれはそれはかっこよかったらしいよ。
秀一　なら、ひでの鶏には、あってないね。
梢　そんなことないって。とにかくすごいから、見てよ。（秀一、得意げに）ほら、足太いでしょう。爪の先のとがり具合。僕の手より大きいから。あれで蹴りを入れられたら、相手のやつはひとたまりもないからね。とさかが横に倒れているのは、名誉の勲章ってところかな。今年の正月に闘ったやつがめちゃくちゃ強くて、とさか噛み千切られた。血がどろどろ目の中に流れてきて、はっきり言ってもうダメかと思ったけど、やちゃぼうはあきらめなかったからね。
梢　ひで、いい加減にしなさい。ああもう思い出したくもない。先生、行きましょう。

充子　お荷物、持ちましょうか。先生、あのやちゃぼうには、絶対に近寄らないでください。とにかく、凶暴で、誰にでも噛みついてきますから。みっちゃんも、やちゃぼうに近寄ったらだめだからね。

秀一　みつは近寄らないもん。痛いのいやだもん。

充子　みつさぁ、このまえ、やちゃぼうに追いかけられたんだよ。追いかけられて、転んで、しり噛みつかれた。

芳朗　これだよ。（着物の裾を上げて傷を見せる）

秀一　それはそれは。たいへんな目に遭ったね。秀一君は、大丈夫なのか。

僕には、何にもしないよ。ひよこの時から僕が育てているからね。バッタも蛙も食べるし、この前なんか、ハブを食べたんだよ。もちろん死んだハブ。ハブはときどき、家の周りにも出るから先生も気をつけた方がいいよ。ハブは先に見つけさえしたら、絶対大丈夫だから。ハブとりが、あっちの軒下にかかっているから、先生も使っていいよ。

芳朗　そうかそうか。（下手に向かって歩き出す）

充子　（泉のズボンを引っ張りながら）先生、先生。

芳朗　うん、なんだね。

充子　先生はしっこするのか。
芳朗　うん？
梢　みつ、先生になんてことというの。
充子　だってだって、先生の服・・・しっこしたら濡れる。
芳朗　ああ、みっちゃん、ありがとう。大丈夫だよ。しっこをする時には、ちゃんとおちんちんが出せるようになっているからね。
充子　よかった。みつは、着物濡らさないで上手にしっこできるからね。ズロース穿いてないもん。
梢　先生、すみません。みつは、まだズボンをはいた大人を見たことがないもので。ほんとうに失礼なことばっかりで、もうしわけありません。

後になり先になりしながら、下手に消える。

平泰良の家の中
上手に村長の恵松三、下手に泉芳朗、奥に平泰良が座って、酒を飲んでいる。

泰良　先生、ささっ、どうぞどうぞ。
松三　（自分の杯の酒に口をつけながら、横目で芳朗の所作をじろりと見る）
芳朗　ありがとうございます。いただきます。（芳朗、一気にぐいと飲み干す）
泰良　もう一つ、いかがですか。
芳朗　ありがとうございます。（芳朗、また一気に飲み干す）
泰良　先生もなかなかいける質ですね。ささっ、もう一つ。
芳朗　いいえ、今度は私から。（芳朗、泰良ににじり寄って酒を注ごうとする。）
泰良　ありがとうございます。でも、あのまずは村長の方から、はい。
芳朗　ああ、そうですね。失礼しました。（芳朗、村長に近寄り、酒を注ごうとする。）
松三　泉先生とやら、まずは杯は下に。鹿児島第二師範学校を出た秀才が、来られるということで、期待して待っとったのですが、礼儀作法も心得ておられぬようですな。
芳朗　（一瞬はっとして固くなる。）
松三　先生は、徳之島のご出身だと、うかがっておりますが、島には島流儀というのがあるのはご存じでしょう。
芳朗　はい、それはもちろん。

松三　それとも、やまとで学問をされて、島流儀は忘れてしまったとでも。
芳朗　いえ、そんなことは。
松三　そうですか。まず今日のところは、先生の飲みっぷりに免じて許してさしあげましょう。この島の臭い酒には口もつけない輩もおりますからね。
芳朗　ありがとうございます。今後ともよろしくご指導ください。（芳朗、松三の杯になみなみと酒を注ぐ）
松三　進められた酒は、飲む。それはまずまず合格ですな。つぎ。いかなる時も、その場の年長者に真っ先に礼をつくす。いいですか、これが島流儀のいろはですよ。くれぐれも注意されてくだされ。
しま　ほれほれ、こんなもんですが、どうぞどうぞ。（どんぶりをかかえて奥から出て来る。）
芳朗　（軽く頭を下げる）
松三　これはこれは。
しま　外に生えているふる（ニンニクの一種）と塩豚をいためただけです。
松三　先生、島ではめったにお目にかかれないごちそうですよ。ありがたくいただきましょう。

しま　昼間は、泉先生が来られるというのに、お出迎えもできんですみませんでした。
芳朗　いえいえ、とんでもありません。
しま　昨日の晩、雨が降って、いい慈雨《うるい》になったもんですから、どうしてもはずせなくて。
泰良　芋蔓さしてきました。ひじゃ畑は、遠いもんで、ついつい遅くなりました。
芳朗　お二人で。
泰良　はい、二人で、太陽《ていだ》のあるうちに、させるだけの芋蔓をさしてきました。
しま　慈雨はあったにはあったんですが、赤土だからどうなることやらですね。
芳朗　このあたりも赤土ですね。徳之島を思いだしますよ。うちでは、母が一人で赤土にしがみついております。
しま　一人で？
芳朗　はい、父もいるにはいるんですがね。役場勤めをしているもので、田畑は、もっぱら母の仕事です。私の下に弟や妹が八人もいますから。
泰良　それはそれは・・・お名前は、何とおっしゃるのです？
芳朗　うしと言います。
泰良　うしさまですか。男でも投げ出したくなる赤土を、おっかさんが一人で？

芳朗　はい、それはもう朝から晩まで、土の子にでもなったように、畑にしがみついております。

しま　気丈な方なのでしょう。

芳朗　はい、私から見てもそんな気がします。でも、あんまり苦にもしていないようにも思われます。

しま　そうですか。やはり子どもたちのためでしょうかね。

芳朗　そう思います。母の口癖は、「学問だけは、誰も奪いとることはできん。だから、何が何でも子等には、したいだけの学問をさせる」なんですよ。

しま　（そっと横を向いて涙を拭く）そうですよね。その通りです。

しま　（泰良の顔をちらりと盗み見ながら）私等は、間違ったことをしたかも知れません。（松三の顔をさぐるように見た後、思い切ったように）

しま　いえね、実は梢も中学校に行きたがったんですよ。親が言うのも何ですが、梢たちの同級生の中では、梢はとびっきりの優等生だったんですよ。でも、平家の長女だし、下に弟や妹もいることだし、何よりも女でしたからね。

泰良　しま。

しま　言わせてください。今までずっとこらえていました。このままでは胸が張り

泰良　裂けます。

しま　村長の前だぞ。

泰良　忘れもしません。四月でした。道の下の田んぼで梢と二人で田植えをしとったんです。そこを、中学校の制服を着た同級生が通ったんですよ。後ろ姿を見送った梢が横を向いてぽつんと言ったんです。「私も受けさせたら合格したのに」って。

しま　（キセルの刻み煙草に火をつけ、気づかない風を装う）

松三　（ふるえる声を押さえるように）私には、あの時のことが、忘れられません。貧乏人の女の子が上の学校に行くなどとんでもないことです。女の子は読み書きができるだけで十分。学校出たら一日でも早く機を織り、家の加勢をするもんだと思い込んでいました。

しま　あたりまえだ。（吐き出すように言う）

しま　松三叔父、逆らうようなこと言ってすみません。（松三に横顔を向けて頭を下げる）

でも、今も家のために、下の弟たちのために梢を犠牲にしたという思いが消えないのです。梢の機を織るおさの音を聞くのがつらい日があります。

泰良　もういい。今さら。（不機嫌そうに語気を強める）

しま　私はあの時、心に決めました。ひでにもまさにも、そしてみつにも本人がやりたいだけの学問をさせてやりたい。そのためだったら、この体、この足、この手が、折れるまで働いてもいいと思っています。

泰良　しま。

しま　天井の桁が映るような薄い粥を啜ってでも、我が子等には学問をさせます。学問がないとおかしいことをおかしいと言う力が持てません。だから、おっかさんの、うしさんとおっしゃいましたかね、気持ちがいやというほどわかるんです。

芳朗　はい。母は、人が正しい道を行くためには、間違ったことに立ち向かうだけの知恵がないといかんと考えているようです。島には、今までいろいろなことがありましたからね。だから、たとえ田畑を手放してでも子等には、学問をさせるといきまいております。おかげで私もこうして、教壇に立てるようになりました。

しま　強いおっかさんですね。うらやましい。

しまがエプロンの裾で涙を拭き拭き立ち上がろうするところへ、隣りに住む静
　敏夫、ミチコ夫婦がやって来る。

敏夫　こんばんわ。
ミチコ　こんばんわ。
敏夫　これはこれは。泉先生ですか。こんなところにおいでいただきまして、あり
　がとうございます。
ミチコ　こんなもんしか用意できなくてすみません。
泰良　おっ、これはひきゃげじゃないの。ごちそうだよ。
ミチコ　はい、前からきょうのためにとっておいていた紅芋がありましたからね。
しま　わざわざとっておいた紅芋を使って、ひきゃげまで作ってくれてすみませんね。
ミチコ　少しですがね、黒砂糖も入れているんですよ。
しま　まぁまぁ、それはそれは。
ミチコ　お口に合うかどうかわかりませんが、先生もどうぞめしあがれ。
芳朗　ありがとうございます。喜んでいただきます。
泰良　泉先生の郷里は徳之島だそうですよ。だから、島の物には慣れておられるみ

たいです。

敏夫　そうですか。それはうれしい。じゃ、これもいけますかね。（懐から大事そうに　小ぶりの瓶を取り出す）

泰良　焼酎ですね。

敏夫　松三叔父も、足を運んでくださってごくろうなことです。ささっ、一杯。

松三　（黙って、うまそうに酒を飲む）

しま　泉先生もいける方ですよ。

敏夫　そうですか、そうですか。まずは一杯。はい、ぐいとやってくださいよ。いい、飲みっぷりですね。

芳朗　おいしい焼酎ですね。

泰良　敏夫の家の焼酎は天下一品です。

ミチコ　他のことはなぁんにもまともにできないんですけど、焼酎造りだけは、どういうわけか上手なんですよ。うまい焼酎造って飲むだけで、何の役にもたたん手業《てじゅく》です。

泰良　いやいや、そんなにばかにしたものではありませんよ。なぁ、敏夫。

敏夫　うまい焼酎を飲みたい一心ですわ。

ミチコ　そうですよね。
敏夫　先生は焼酎は、造ったことはありますか。
芳朗　いえ、私は早くに島を出ましたから、酒作りの経験はありません。
敏夫　じゃ、今夜は私が先生の先生だ。よく聞いてくださいよ。いつか役に立つ日が来るかも知れませんからね。（一口、うまそうに焼酎をすする）
敏夫　焼酎は、蘇鉄から作るんですわ。蘇鉄の幹の方を細かく切って、太陽《ていだ》に干して、筵などに包んで腐らせるというか、そんなふうなことをして、それを水に漬けて柔らかくするんです。
芳朗　蘇鉄から造っているんですね。
敏夫　はい。原料はそこらあたりにいっぱい生えている蘇鉄です。手間はかかりますが、元は一銭もかかりません。貧乏人にはね、これが何よりです。
芳朗　（味わうように、一口、焼酎をすする）
敏夫　臼で挽き砕いてこなごなになったものを、セイロでふかして、麹箱に入れて、暖めておくと、じきに麹がたち始めます。それを水で溶かして、瓶に入れるんです。

芳朗　味噌づくりと似たところもありますね。

敏夫　しかし、ここからが違うんですよ。二、三日したら、ガスが出てくるので、その頃にぐちゃぐちゃに練った甘蔗を入れるんですけど、ぬきですね。そうしたら、ブツブツと泡が発って、すっぱい匂いがしてきます。いよいよですよ。これをせいろに入れて蒸すと、湯気が出るでしょう。それを集めたら、熱い酒が出てくるんですよ。熱い酒が。（喉仏を上下させ、言葉を切る）

松三　敏夫、焼酎の講釈はもうそのくらいにしておけ。

ミチコ　そうですよ。もう焼酎造りの話になれば、口に油を注したみたいにぺらぺらと。こっちとしては、焼酎を造るより、塩のひとつまみでも造ってくれた方がありがたいんですけどね。

泰良　いやいや、こんなうまい焼酎が飲めてありがたいことですよ。

しま　あなたの家は、塩作りの当番はまだ回ってきてなかったね。

ミチコ　そうなんですよ。それを思うだけで、気が重くて重くて。

しま　痛めた腰はどんなふうになってるの。

ミチコ　立ったり歩いたりする分には、もう何ともないんですがね、塩造りは、一晩中でしょう。一晩、燃やす薪は山から降ろして用意はできているんですけどね。

潮汲みがね。潮をてんびん棒で汲んでは燃やし、汲んでは燃やしで、しまいには、足腰立たなくなりますからね。

松三　今年は、けんむん（島の伝説の妖怪）も姿を見せているらしいよ。

ミチコ　あれっ、おそろしい。それはちょっと口たぶ（まじないの言葉）しないといけないね。とうとがなし、とうとがなし。

松三　散髪屋の国吉。あれは、けんむんとすもうをとってああなった。

ミチコ　けんむんはすもうが好きだといいますからね。出会ったら「すもうとろう、すもうとろう」と言うそうですよ。

泰良　国吉叔父は、村一番の力自慢だから、けんむんに「すもう、とろう」と、けしかけられたら、いやとは言えんかったんでしょうね。

しま　けんむんは体じゅう、さるのように毛だらけで、口から絶えずよだれを垂らしていて、それが気味の悪いことに、夜になると、青白く光るそうですね。

ミチコ　足が長くて両足で耳をはさんで座るらしいですよ。でも体は子どもほどの大きさだから、国吉叔父もたいしたことないと、ふんだんでしょうね。

泰良　それがいくらやってもきりがない。

ミチコ　国吉叔父は一晩中、けんむんとすもうをとらされたという話じゃないですか。

敏夫　それで足腰立たないようになって、見つかった。おお、こわいこわい。
芳朗　その国吉という人が、けんむんにやられたと言っているのですか。
泰良　いや、国吉叔父はあれから寝たっきりで、一度も目も開けないし、口もきかん。
芳朗　それじゃ、実際にけんむんを見たかどうかはわからないわけですね。
松三　そんなことはない。国吉の塩屋の周りには、無数の足跡が残っていたんだ。
芳朗　野犬とか山に住むけだものとか、考えられませんか。
松三　（じろりと芳朗を見て）けんむんをばかにしたらいけませんよ、先生。島には、けんむんの話は枚挙にいとまがない。山の中をひきずり回されたやつもおれば、ガジュマルをきって祟られた家もある。いざりの火をとられたり弁当をとられたという話もある。愛嬌もあるが、へたすると、命を盗られる。
敏夫　敏夫。塩作りには、おまえも行け。ミチコひとりにするな。いいか。
松三　はい、わかりました。
敏夫　そして、「やつどうまる、やつどうまる」と唱え続けるんだ。
松三　「やつどうまる」ですね。
敏夫　そうだ、やつどうまるだ。あいつは、八本の手を持つたこが苦手らしい。だからこの別の言い方が「やつどうまる」だ。だから、忘れるな。ずっと唱え続けるんだぞ。

敏夫　やつどうまる、やつどうまる、やつどうまる。何だか、寒気がしてきましたよ。

蛇皮線を片手に、手拭いを頭に巻いて、要重和が登場する。

重和　あれあれ、出遅れてしまったみたいだね。
しま　あら、しいさん。どうぞどうぞ。
泰良　焼酎の匂いがしただろう。しいさんの鼻には、焼酎の匂いだったら、千里離れていても届くからね。
ミチコ　そんなことおっしゃらないで、こちらへどうぞどうぞ。（しまが台所から持ってきた杯を受け取り、重和に酒をつぐ）
重和　遠慮なくいただきますよ。（ぐいと飲み干す）しみます、しみます。指の先、頭のてっぺんまでしみます。
敏夫　うまい焼酎でしょ。生きている甲斐があるってもんですよ。
重和　すみません。もう一杯いいですか。
ミチコ　はいはい、どうぞどうぞ。

みんな互いに何杯も焼酎を酌み交わす。
重和、横に置いていた蛇皮線を膝に載せ、つまびき始める。

重和　そろそろ唄遊び、しましょうか。
しま　唄いましょ、唄いましょ。（重和の蛇皮線に合わせて手拍子をとる）
重和　まずは、「朝花節」から打ち出しますよ。

ハレーィ　今日ぬ　誇らしゃや　（今日の嬉しさは）
ハレー　何時より　（いつよりも）
（囃子）ヨイサ　ヨイサ　ヨハレ　ヨイヨイ
何時よりも　ハレ　まさりぃ　ウスセヒヤイ　（いつよりもすばらしい）
ヤハレ　何時より　（いつよりも）
（囃子）イチヤヌカラン　ナマヌカラン
ヨイ　何時より　ハレ　まさり　（いつよりもすばらしい）
（囃子）何時よりも　ハレ　まさり

ハレー　何時も今日のごとに　ヨーハレー　（いつも今日のように）
　在らヨイチ　　　　　　　（ありたいものです）
（囃子）ヨイサ　ヨイサ　ヨハレヨイ

続けて松三が唄う。

♪　拝むまらん人ど（会ったこともない人も）
　拝で知りゅり　（こうしてお会いして知ることができます）
　命長むておりば（これも命長らえていたからこそです）
　拝むまらん人ど（会ったこともない人も）
　拝で知りゅり　（こうしてお会いして知ることができます）

しま　お二人とも、相変わらずいい声ですね。（酒をつぐ）
重和　今度はしま姉ですよ。
しま　はいはい。

♪　あさばなに惚れて　　　　（あさばなのように若く、浅い女に惚れて）
　　吾きゃや振り捨てて　　（私を振り捨てたが）
　　花ぬ萎れれば　　　　　（花が萎れて魅力がなくなったら）
　　吾事思うぶしゃれ　　　（また私のことを思ってください）

重和　はっはっ。しま姉にこう唄われたんじゃ、泰良兄、返しを唄わにゃならんなぁ。
泰良　おお、いいですとも。聞いてくださいよ。

♪　あさばなに惚れて　　　（あさばなのような女に惚れて）
　　吾妻暇くりて　　　　　（私の妻に暇をくれたが）
　　にゃまに思いば　　　　（今にして思えば）
　　吾肝やみゅい　　　　　（心が痛む）

敏夫　泰良兄のところは、まずまずそんなことはないな。

唄は俊良主節、黒だんど節と続き、みんな興にのって唄い合う。

松三　「唄は半学問」と言って、唄から習うことは多い。唄われていることをようく考えてみたら、人の生き様がわかる。
奈良　ほんとにそうですな。
　みんな、酒を酌み交わす。
　敏夫、鼓を取り出してきて、ミチコに渡す。
敏夫　そろそろ、六調いきますか。
重和　いいですよ。（軽快な六調のメロディーをかきならす。）
敏夫　（ミチコが膝の上に載せ、両手でもっている鼓を二本のバチで叩く）

♪　踊り好きなら、早よ出て踊れ
　踊り上手を嫁にとる

泰良が立って踊り始める。続いて、しまも立ち上がる。芳朗も続く。松三が指笛を鳴らす。にぎやかな酒宴たけなわ。正生を抱いて、梢があわてて登場する。

梢　かあさん、かあさん。正生が何だかへん。

みな、鳴り物や踊りを止め、梢の方を振り向く。

梢　息が荒いから、でこに触ってみたら、火が点くように熱い。
しま　(梢の手から急いで正生を取る) 梢、濡れタオル。ミチコさん、悪いけど、ご
ざ敷いて。とうさん、早く湯沸かして、熱冷ましの薬、煎じて。
敏夫　しま姉、他に何かすることは?
しま　敏夫さん、すまないが神人、供して来て。こんな時間だけど、よくよく事情
を話して、必ず供して来て。
芳朗　首筋、脇の下、足の付け根のあたりにも、濡れタオルを当ててましょう。
秀一　かあさん、かあさん。まさはどうしたの。
充子　かあさん、かあさん。
しま　二人ともあっちに行っていなさい。

秀一　かあさん。

　二人はしまの語気に恐れたように後ろに退く。

梢　はい、これ。（濡れたタオルを渡す）

しま　ミチコさん、申し訳ないけど、泉川《いじょんご》で冷たい水汲んできてくれないか。

ミチコ　わかりました。

芳朗　梢さん、ありったけのタオルを持ってきて。なければ、ぼろ布でも何でもいいから。とにかく熱を下げないと、肺炎になってしまう。

松三　灸だよ、灸。梢、もぐさと線香取って来い。（線香に火をつけ、正生ににじり寄る）

泰良　ここでいいですか。（正生のおでこの上、５センチあたりの髪の毛をかき分ける）

松三　まずは、そこだ。いいか、押さえておれ。（もぐさをつばで丸めて、火をつける）

　弱々しかった正生の泣き声が一瞬大きくなる。

松三　よし、次はつむじの後ろ。
泰良　はい。
松三　後は、両脇だ。

みんな、息を殺して松三の所作を見つめる。

松三　これで、何とかなるだろう。
しま　正生、正生。熱かったね。正生。痛かったね。正生、正生。
泰良　梢、昼間は何ともなかったのか。
梢　なぁんも。
泰良　おまえがぼうっとしとったから、こんなことになったんじゃないか。
梢　熱はなかった。
泰良　熱はなかったって、おまえ。他に気づいたことがあったんではないか。
梢　あんまり笑わなかった。
泰良　それが、病気の印だ。何ですぐ言わなかった。
梢　（顔をゆがめて、涙を浮かべる）

芳朗　すみません。梢さんだけを責めないでください。私もいたわけですから。何にも気づかなかった私にも責任があります。
泰良　先生は黙っていてください。うちらが、二里先の山畑で仕事をしている間は、梢に家のことはまかせてあるんです。そうしないと、うちらはやっていけないでしょう。どうあっても、すぐに戻って来られるわけじゃないし。
ミチコ　しま姉、冷たい水、汲んできたよ。
しま　ありがとう。正生、正生。ほら、水飲んで。（しまは口移しで正生に水を飲ませる）
秀一　まさ、まさ。おいしいか。
充子　まさ、まさ。
しま　苦しいな、まさ。すぐ、神様が来られるからね。もうちょっともうちょっとだよ。（抱いている正生の口に水を移し、口元を拭いたり、体をさすったりする）
みんな　とうとがなし、とうとがなし、とうとがなし、とうとがなし、とうとがなし（みんなうつむき加減に正生を見つめ、口の中でつぶやく）
敏夫　しま姉、神人をお連れしました。

白装束に身を包み、頭は白い頭巾を被ったユタが、二人の供を連れて登場する。

泰良　こんな遅い時間に、申し訳ありません。

ていこ　うん。（声に出さず、軽くうなずく）

供1　みんな、下がってください。子どもはござに寝かせて、しま姉も。

しま　はい。（宝物を引きはがすように、正生をござに降ろす）

ユタが手にススキと神酒の入った椀を捧げ持って、正生の横に進み出る。
一歩下がって、供人の一人が鼓を持ち、もう一人は、籠を持って従う。

供2　（おごそかな手つきで、正生の頭の横に石を据え、やどかりを這わせ、籠をかぶせる。）

ていこ　（すすきを二度三度、縦横に振ると目をとじ、地の底からはい上がってくるような声で祝詞を唱え始める）

あったげーさしゅん　（高熱で熱そうな）

くぅん　神かぜ　（この神風でも）
神かぜなさん　（神風にはさせない）

供1　（ゆっくりと鼓を叩き始める）
みんな　（はっとして、一瞬顔を上げる）

神の口入れぃてぃ　（神の口を入れて）
ただいまぬくぅとぅ　（ただちに）
むとぅんはだ　（もとの肌に）
むとぅんち　（もとの血に）
あしむどぅれぃ　（足でもどれ）
ふねぃしむどぅれぃ　（舟でもどれ）

鼓の早さが早くなり、それに合わせてユタの祝詞も早くなっていく

四八てぃぎぬ　（四八の骨節の）

ふねぃまちげどぅあん　（骨まちがいであって）
びょうやあらん　（病気ではない）
とうとがなし　（とうとがなし）
とうとがなし　（とうとがなし）

みんな　とうとがなし、とうとがなし、とうとがなし、とうとがなし。

ていこ、口の中で何やらブツブツ言いながら、一心に手をこすり合わせる。体が小刻みに揺れる。だんだん揺れが大きくなり、ついに目をとじたまま立ち上がり、時々は飛び上がって踊り始める。ついにぐったりとなり、床にひれ伏す。居並ぶ者は、息を止めてユタを見つめる。正生の胸が大きく上下に動く。

ていこ、しばらくすると、息を吹き返したように座り直し、目をつむり聞き取れないような声で祝詞を唱える。

ていこ　神様の声を聞きましょう。アマム（ヤドカリ）が石の上を這っていたら、病人はもちこたえる。が、しかし、石から落ちていたら、その時は覚悟してくれ。

しま　まさは、正生は、そんなに悪いんですか。

ていこ　わしにはわからぬ。わしには、まぶり（魂）が、出ていかないように祈ることしかできん。

泰良　じゃ、まさは、まさは、どうなりますか。

ていこ　聞いてみる。（おもむろに籠を取り上げる）

みんなの目が一点に注がれる。

敏夫　落ちている。

しま　正生、正生。（気がふれたように、正生を抱き上げる）

泰良　まさ、死ぬな。生きるんじゃ。

梢　（口をパクパクさせ、肩で息をする）

秀一　まさ、目開けろ。目開けて、笑え。

充子　まさぁ、まさぁ。

所かわって、小学校

舞台の端に、用務員のメイが出て来て、カラーンカラーンと授業終了の鐘を鳴らす。教室から蜘蛛の子を散らすように子どもたちが飛び出して来る。

メイ　気をつけて帰れよ。
児童1　メイ叔母、さよなら。
メイ　はい、さよなら。
児童2　メイ叔母、あしたね。
メイ　はい、またあした。
児童3　あしたも、来れたらくるよ。
メイ　どうにかこうにかして、来るんだよ。
児童3　わかった。
まつの　メイ叔母、さと泣いた？
メイ　ああ、ちょっとは泣いたよ。腹が減っていたんだろう。
まつの　帰ったら、粥飲ませるから。（くるりと背中を向け、さとをおんぶひもで背負う）
メイ　そうしておくれ。ほらほらかわいそうに、まだ親の胸にぶら下がっている時期なのに。

まつの　あしたも学校に来ていい？

メイ　いいよ、いいよ。さとは小使い室に寝かせておくよ。

まつの　メイ叔母。ありがとう。

職員室。職員用の机が六つ並び、奥に校長用の机がある。子どもたちを下校させた芳朗が職員室に入って来る。ゆっくりと腰を下ろし、ふぅーと、小さく長くため息をつく。

牧　泉先生、お疲れですか？

芳朗　いや、ちょっと。疲れではないのですが、気になることがあって。

牧　気になること？　ああ、先生のクラスのまつののことですか。

芳朗　ええ、そうです。

牧　妹のさとを連れて学校に来ているでしょ。

芳朗　ええ、何だか不憫で。

牧　そうですか、そうですね、不憫と言えば不憫ですが、あの子の場合、学校に来るだけでもたいしたもんです。

芳朗　母親がいないんでしたよね。

牧　そうです。自分の命と引き替えにさとを生んで、かわいそうなことになりましたが、残された者も地獄です。もらい乳をして、さとはあそこまで大きくなったんだから、奇跡に近いですよ。

芳朗　じゃ、ずっと父親とまつのが見てきたんですね。

牧　そうです。小学3年生のまつのが親がわりです。それでもまつのは、勉強が好きだから妹を背負ってでも学校に来るからいいようなものの、村には一度も学校の門をくぐったことのない子もいますから。

芳朗　ということは、文字を知らない。

牧　そうです。文字を知らない、つまり文字が読めないまま大人になっていくのです。

教師1　田や畑で働く分には何の不都合もありませんから。

教師2　親の中には、学問はじゃまだと思っている人もいますよ。むろん、そういう理由だけでなく、子どもを遊ばせておくゆとりがないからなんですけどね。

教師1　小さいうちは下の妹や弟の子守、学年が上に上がったら、親の片腕です。ど教師2　の子も畑仕事も山仕事も一人前にこなしますよ。
芳朗　泉先生、そんなことでおどろいていては、ここではやっていけませんよ。
教師1　もう一つ気になることがあります。聞いていいですか。
芳朗　なんでしょう。
この前、子どもたちといっしょに浜沿いの道を歩いたんですけどね。その時、子どもたちが、一心に丸い石を探すんですよ。そして、実に神妙な顔で、「石もち、みしょうれ（召し候らへ）」と言いながら、切り立った崖の所に石を供え、手を合わせるんです。
教師1　ああ、それは・・・。
牧　間引きです。
芳朗　かつて、そこで間引きが行われた。つまり、そこの崖から嬰児を捨てたということですか。
牧　かつてだけかどうか。それならいいのですが。
芳朗　それはどういう意味です。
校長　（校長があわてて立ち上がる）はいはい。おしゃべりは、そのぐらいにして、さぁ仕事、仕事。

牧　ただの雑談ではありませんよ。校長はこのことご存じなんでしょう。
校長　はて、何のことでしょう。
牧　とぼけないでください。正一のところで生まれた赤ん坊があやしいということですよ。
校長　さぁ、私は何も知らないですよ。
牧　そんなことないでしょう。子どもたちですら、うわさしていますよ。
校長　死んで生まれたと言われれば、そうかと思うしかない。
芳朗　村の人たち全部がそう思っているのですか。そうやって、知らぬぞんぜぬで、隠蔽しているんですか。それじゃ、村の者は全部殺人の共犯じゃないですか。
校長　もちろん、校長、あなたもですよ。
殺人などと、おだやかじゃないですね。しょうがないんですよ。しょうがないんです。誰が好き好んで我が子の首に手をかけますか。
みんな　(口を真一文字に結んで押し黙る)
校長　泉先生、牧先生、他の先生方も全部です。みなさんは何のかのと言っても、恵まれた方たちなんですよ。この島のエリートです。
牧　エリートですか。

校長　はい、私を含めてみなさんはエリートです。この島にはエリートにはわからないことがたくさんあります。

平家の離れ。芳朗の間借りの部屋。牧周二と近くの小学校に勤務する奥忠志の三人で、酒を酌み交わしている。

奥　どうですか、泉先生。少しは慣れましたか。
芳朗　おかげさまで、なんとかかんとかやってはいます。
牧　いやいや、今日は泉先生を見直しましたよ。
芳朗　恥ずかしいことをおっしゃらないでください。
牧　私はね、師範学校というのは、自由と創造と個性を摘み取られた木偶の坊をつくるところだと、かってに思っていたんですよ。
芳朗　はぁ。
牧　ところがどっこい。号令一つで動く人形をつくりあげるチャボ教育の本場も、泉くんの純なる魂までは変えることはできなかったようですね。
奥　いやー、何があったんですか。

芳朗　今日は、完膚なきまでに、打ちのめされました。
牧　いやいや、泉先生はたいしたものですよ。あの腹の読めない校長に真っ向から、正論をぶつけたんですからね。
芳朗　あくまでも正論です。それから先が見えない。島の心が読めないのです。(芳朗、ちびりと杯を口にする)
牧　そう、あせることはない。そのうちわかる。私にもようやく島の人間の心の闇が見えてきたところです。
芳朗　闇ですか。
牧　そうだ、暗闇だ。しかもそれは昨日今日できたものではない。慶長十四年、西暦で言えば千六百七年。島津氏が、沖縄を征伐した結果、ここ奄美の島々は、薩摩藩が直属することになった。それ以来の闇だ。
芳朗　はい。
牧　明治四年の廃藩置県までの二百六十年間、島民がどんな過酷な状況におかれたか知っているね。
芳朗　はい、島の黒糖が、木曽川治水工事で多大の出費を余儀なくされた藩の財政を救ったと言われていますね。

奥　その他にも薩摩藩が幕末の財政危機を切り抜けたのは、この島の黒糖惣買い上げ政策が徹底してたからだと言われている。薩摩藩が大坂で売りさばいた物産のうち、８８・９パーセントが、島の黒糖であったということでしたよね。

芳朗　恐ろしい数字ですね。

牧　そうだ。しかし、これはどういうわけか、知る者は殆どいない。故意に伏せられたとしか考えられない。

奥　これが明らかになれば、黒糖の過酷な取り立てがばれてしまいかねませんからね。

牧　そうです。当時、島民は黒糖の一斤も自宅に置くことは許されなかったそうだ。砂糖黍の切り株が高ければ首に罪人札をかけて村中引き廻され、指先で砂糖を嘗めても鞭打たれ、製造が粗悪だとの理由で首枷・足枷の憂き目に遭い、たとえ一斤でも他に売却したら、死刑に処せられる。

芳朗　しぼりとれるだけしぼりとったわけですね。

牧　そうだ。その上薩摩の役人は無知の島人の前でやりたい放題。先祖につながる文書類はすべて消却、苗字の禁止。苗字はせいぜい郷士格の一握りの者に許しただけだ。それも、やまととの違いをきわだたせるために、一字姓のみだ。

芳朗　それが二百六十年間続いた。
牧　そうだ。話は変わるけどね。（一口、酒を飲む）君ね、ここに赴任したとき、奇妙な感じをもたなかったかい。
芳朗　あの晩は、あまりにもいろいろなことがありすぎて、奇妙と言えば奇妙なことばかりでした。
牧　そうだったね。いろいろあったね。しかし、島の人から熱烈歓迎を受けたことは覚えているだろう。
芳朗　はい。私のような者が小学校に赴任してきただけで、忙しい仕事の合間に、唄遊びの場まで設けてくださって恐縮しました。
牧　分不相応という感じがしなかったかい。
芳朗　しました。何だか面はゆい気がしました。
牧　実は、私もなんだよ。いや、私だけでなく赴任してくる職員、誰に対しても村を挙げて熱烈歓迎なんだよ。
奥　私もそうでした。
芳朗　だから、天狗になるなってことですか。
牧　いや、そうじゃない。では、聞くがあんなふうに熱烈歓迎されたわりには、村

芳朗　の人の心が読めないと思わないか。
牧　確かに。
　　そこだと思うんだよね。島人の心の闇。外から来る者に対しては歓迎しているふりをして、懸命に盛り上げる。ただ、ほんとうの心の内は明かさない。
芳朗　心のバリアですか。
牧　薩摩藩時代の置きみやげだと考えられないか。
芳朗　けっきょく、島の人間はほんとうの意味で外部から来た者に心を許すことはない。
牧　そう。自分たちの身を守るために。
奥　そういうことですね。
芳朗　哀しいものですね。

三人は、腕を組んでじっと外の闇を見つめる。
闇の中を人影が走る。

芳朗　何か、今走りすぎませんでしたか。

奥　うん。確かに見えた。
芳朗　何でしょう。人のようにも見えたのですが。
牧　人?夜這いだ。
芳朗　夜這い?今どき?
奥　そうだ。梢さんだ。
芳朗　梢さん?（あわてて、げたを履きかける）
牧　大丈夫。やっこさん、我々に気がついてこっそり逃げだしたんだ。もう、来ないよ。
芳朗　夜這いなんて、過去の悪しき習慣だと思っていました。それが、今のこの時代にまだあるなんて、にわかに信じられません。それも、梢さんのところだなんて。
牧　泉くん、ちょっと落ち着きなさい。
芳朗　落ち着けません。無理です。
牧　何、梢さんはかしこい娘さんだ。めったなことで、夜這いの男など、引き入れたりはしないさ。
芳朗　そうでしょうか。ほんとうにそうでしょうか。

牧　おやおや、泉くんも梢さんに、心奪われている一人かな。
芳朗　そんなことはありません。私は、梢さんに少しばかり学問の手ほどきをしているだけです。
牧　おや、ずいぶんムキになりますね。
芳朗　そんなことはありません。（強い語調で言い切る）
牧　恥ずかしがることはないんだよ。人を好きになるということは実はすばらしいことなんです。
芳朗　まだそんなんじゃありません。（顔を赤らめ俯きかげんに）
牧　そうですか。それならそれでいいのですが、いずれにしても、夜這いはいけません。
奥　まったくです。（憤懣やるかたない風情で座り込む）やまとでは、自由恋愛というのもあるそうですよ。
牧　坪内逍遙の文芸協会が、早稲田の研究所で、イプセンの「人形の家」を上演したらしいね。
芳朗　なんですか、それ？
牧　三人の子持ちの女主人公のノラっていうのが、家出をするという話なんだが

芳朗　ね。ノラを演じた松井須磨子の人気もあるだろうけど、家と家との結婚、古い因習にたえかねていた女性たちに大きな問題をなげかけて、共感をよんでいるらしい。

奥　演劇ですか。いいですね。

牧　国会では、普通選挙法が可決された。これで、二十五歳以上の男子すべてに選挙権が与えられたわけだ。

奥　しかし、与えられた選挙権をきちんと行使できる能力のある者がどれだけいる？　私たちの周りには、文字さえ書けない人間がごまんといる。

牧　治安維持法も成立しましたね。同じ国会で、この二つがそろって成立するなんてことがあり得るんですかね。

芳朗　そうだ。これからは国体の変革も共産主義も、いやいや社会運動そのものが、やりにくくなるだろう。世の中、どんどん変わっていく。

奥　そういうものですか。

それに引き替え、島はまだまだですね。

三人はおもいおもいに杯を口に運ぶ。

牧　（持っていた杯を下に置き、いずまいを正す）ここだけの話にしておいて欲しいのですが、いいですか。

奥　はい。（牧に向き合う）

芳朗　（黙ってうなずく）

牧　私はね、近々演説会をやろうと考えているんだ。

奥　演説会？

芳朗　何処で？

牧　ここでだ。この村の人たちの前でだ。君たちもすでに気がついておるように、ここは非常に封建的な地域だ。学校の子どもたちだけに、勉強を教えていても、何も変わらない。親を巻き込んで、人としてあるべき姿とはどういうものか、気づかせたいんだよ。さっきは心の闇と言ったが、島人の心の奥底では、様々な思いがマグマのように煮えたぎっているはずだよ。それを柔和な笑顔の中に押し込めている。琉球統治時代の三百四十年を入れたら、何と六百年だよ。六百年。その間、この島の人々はずっと何者かに隷属し続けてきたんだよ。その上、この自然環境だ。どんなに懸命に働いても一夜の颱風に根こそぎもっ

　　ていかれる。いくら抵抗しても自然の力には到底かなわない。すべてをあき
　　らめて、身をかがめて難をやり過ごすしか方法がないとしたら・・・
奥　その日、その時を楽しむ。
牧　そうだろう。だから、島人はデカダン的、退廃的な感情に支配されていると
　　言えるし、もっと深堀りしたら、悲哀そのものを享楽する風潮さえある。
芳朗　すべてではないが、確かにそれはある。
牧　今、世界は大きく変わろうとしている。私は、やまとと島の溝を少しでも埋
　　めたい。島の人にいくらかでもましな生活をさせてあげたい。その、一歩と
　　して演説会をするつもりだ。
芳朗　牧さん、私も参加させてください。思いは牧さんと同じです。私が鹿児島に行っ
　　て、一番衝撃をうけたのは、何だと思いますか。駅や港や商店街のにぎわい
　　ではありません。人の多さでもありません。そんなもの想定内です。おどろ
　　いたりしません。（一呼吸おいて）一番おどろいたのは、田畑の広さです。黒
　　い芳醇な土に覆われた広い田畑です。私が島で見ていた田畑は、赤土に覆わ
　　れた痩せた狭い山畑です。親はたったあれだけの土地にしがみついて生きて
　　きたのです。その上、食うや食わずの暮らしの中で私に学問の道をつけてく

れました。私は泣きました。そして、親が何のために私に学問をさせようとしているのか考えました。私も演説会で話します。

奥　ちょっと待って。演説会なんて、そんなもの今まで一度も聞いたことがないですよ。危険ですよ。自由主義者と思われてしまいます。

牧　危険かも知れない。でもやる。聖人君子、どんな場合でもおかみの言うとおり。神様のように穏和だと思われている学校の先生がものを言うのだ。言わなければならないのだ。危険は承知だ。

奥　わかりました。それなら、私もやります。私もけっして楽に学問ができたわけではありません。我が家にとっては、一人の身内を進学させ、毎月仕送りすることは、それこそ家運をかけた一大事業でしたよ。兄弟姉妹にもずいぶんと無理をさせました。朝昼晩と芋を食べながら、親は借金もしました。ただ、私がいくらか勉強ができたため、村を挙げて協力しようという風潮がありましたから、学費に限っては、出世払いということで、ほんとうに助かりました。

牧　よし。これで弁士が三人そろった。あとは中山を誘ってみよう。

演説会会場。机の前に牧が立っている。

村の衆がおもいおもいの場所に座って、開始を待っている。

牧　昼間のお仕事、ほんとうにお疲れさまでした。家で晩酌でもして、くつろぎたいところを、こうしてこちらに足を運んでくださって、感謝にたえません。今夜は、この近隣に勤務する私ども四人の教師が日頃感じていることを少しお話させていただきます。後ほど、忌憚のないご意見を聞かせていただけたら幸いです。では、早速はじめます。

住民1　きたんと言ったな。きたんって何だ。

住民2　私に聞くな。先生というのは難しい言葉を使うもんだ。

住民3　多いな。(首を廻してあたりを見る)

住民4　多い。

住民3　出るところには出ておかないと、後で何があるかわからないからな。

住民5　松三叔父が、頭数数えているぞ。

住民6　道普請と同じだな。

住民3　同じだな。

住民4　ここも出ないと、後で罰金が言ってくるのかね。

住民1　そんなことはないだろうけどな。
住民2　まぁ、とにかく人が出るところには出ておいた方がまちがいがないってことよ。
住民5　早く帰って、ぐいってやりたいな。
住民6　ほらほら、黙って。先生様の話が始まるよ。
中山　では、私からは子どもたちの衛生面について話します。目を赤く腫らして、周りに目やにがいっぱいこびりついたまま学校に来ている子がいます。これは、トラホームという目の病気です。トラホームはひどくなると失明、つまり目が見えなくなることもあります。トラホームは、うつります。特に、一緒に生活している家族、学校の友だちには、すぐにうつります。それを予防するためには、まず手洗いです。そして、トラホームになった人と同じ手拭いなど使わないことです。菌はどこにでもいます。だから、一人がよくなったと思ったら、他の人に、それがよくなりかけたら、次の人へと、際限もなく繰り返されます。そういうわけで、大人も子どももいつまでも、慢性的に悩まされるわけです。しかし、トラホームは、無くせる病気です。徹底的な手洗いで、この村からトラホームをなくしましょう。

住民2　ということは、わしの目が赤いということも病気ということか。
住民3　そういうことになるな。
住民2　朝起きる時に、上の瞼と下の瞼がくっついて、開けにくいことはあるが、他にはなぁんにも困ることはないんだが。
住民4　別々の手拭いを使えって言わなかったか。
住民5　言ったな。
住民6　言った、言った。
住民2　うちには、そんなにいくつも手拭いはない。かかぁとわしの分だけだ。子どもたちは、着物の端で拭いている。
住民1　あんなもん、にわくさ（りゅうのひげ）を煎じて呑めば治る。
住民2　うちの子のことが悪く言われているみたいで、気にいらん。わしは帰る。

　　住民1、住民2、怒りに体を震わせながら去る。

奥　私は、隣りの村の小学校に勤務している者ですが、どうしてもみなさんに知ってほしいことがあってかけつけました。私の経験からお話しますが、私がやまとに行って、一番苦労したことは何かというと、言葉です。やまとで私が何か言う度に周りの者から笑われるんですよ。その頃はもちろん今しゃべっているような話し方ではありませんでしたが言っていることはけっしておかしなことでも突拍子もないことでもないのに、まったく相手にされないのです。「リキジン（琉球人）の言葉はわからない」と言われて、私は必死にやまと口を真似しました。おかげで何とか今のように話せるようになりましたが、言葉ができないとやまとの人たちに太刀打ちできません。私は島の子どもたちが日本全国に通用する言葉が話せるようにしたいと考えています。家庭でもよろしくお願いします。

住民3　家庭でもよろしくお願いしますと言われてもなぁ。

住民4　わしらは島口しか話せんし。

住民5　もしかして、あの先生は「方言札」の先生じゃないか。

住民6　方言札？

住民5　あっちの村では、有名な話だよ。学校で方言を使ったら、罰として「私は方言を使いました」と書いた札を首からぶら下げられるんだと。

住民4　ここの学校にもじき入るだろうね。

住民3　わしらの使っている言葉は、そんなに悪いものなのか。罰をうけないといけないほどのものなら、わしはもう何も言わん。

住民3　うなだれて退場する。

芳朗　私は先日、見てはならないものを見てしまいました。夜這いです。これほど文明が進んだ今日、夜這いという悪習が今も顕在していることにおどろきと怒りを禁じえません。夜這いは女性の人権を損なうものです。愛情のない行為です。私はこの前近代的な風習に怒りをもって抗議します。

住民4　聞いたか。

住民5　聞いた。

住民6　先生様が夜這いなんてことを口にしたぞ。

住民4　聖人君子の先生様がだぞ。

住民4　知らないのか。この前、梢のところに夜這いが入ったのを。

住民5　それで怒っているのか。

住民6　あの先生は梢に気があるって話だぞ。それで怒っているんじゃないか。

住民4　そうかもしれないなぁ。なさけない話だよ。
住民4　（首を振り振り退場する。）
牧　私は島に古くから伝わる信仰について話します。島ではみなさん、祝女をはじめユタ神、親ほじなど他の地では例をみないほど、熱心に敬っておられます。先祖を敬う心が大事だということに異論を唱えるつもりは毛頭ありません。しかし、人の弱点や迷信につけ込んで、「この病気は誰それの亡霊が障っている」などと、勝手な判断を下して、祈祷や祓いをしている者もおります。そのために、病人の手当が遅れたり、間違えたりして命を落とすことも少なくありません。今は、科学の世の中です。祈祷や祓いの前に医者にかかって欲しいのです。そうしたら救える命がある。私はそう思っています。
住民5　どういうことか。
住民6　神様を拝むなということか。
住民5　わからん。
住民6　神様に教えてもらわないと、わしら、何にもわからん。
住民5　それもいかんというのか。

住民6　そういうことらしい。
住民5　やっぱり、やまと帰りだね。島人のことが全然わかってない。
住民6　先生様は先生様だ。

住民5・6、連れだって帰る。
松三、泰良、しま、敏夫、ミチコ、重和、ていこ等もうつむきかげんに静かに立ち上がる。

松三　島には島のやり方がある。先生方にももう少し、わかってもらわねばならんな。

みんな、立ち去る。最後に校長が立ち上がる。

校長　今日のことは、しかるべきところに、しかるべき形で報告させてもらう。よろしいかね。

海が見える丘の上。マンドリンを膝に抱えた芳朗と両手を枕にして仰向けに寝ころんだ奥がいる。

奥　静かだな。

芳朗　静かですね。

その時、濃緑の山肌を切り裂くようなリュウキュウアカショウビンの鳴く声。

芳朗　クッキャールですね。

奥　そう、島ではクッキャール。やまとではリュウキュウアカショウビン。私たちはそのどちらも理解できる立場にいる。どちらか一つだと、もっと楽に生きられそうな気もするがね。

芳朗　そうですね。

芳朗、マンドリンを奏でながら、歌を口ずさむ。

♪　唄を忘れたカナリアは
　後の山にすてましょか
　　いえいえそれはなりませぬ

奥　それは？

芳朗　西条八十という人が作詩した唄です。やまとでは「赤い鳥」運動というのがあって、鈴木三重吉という人が活発に活動しているみたいですよ。

奥　やまとか。

芳朗　あたり前だけど、島の周りは三百六十度、総て海。これは、島の人間にとって、窓でしょうか、檻でしょうか。

奥　(少し間をとり、自分に言い聞かせるように) かつては、窓と思ったこともあった。この海は世界中、どこにでもこぎだせる窓だとね。実際、古代の奄美人にとってはまぎれもなく窓だったと思うよ。

芳朗　ちょっと歴史をひもとけば、そのようなことも書いてありますね。

奥　しかし、今は私にとって、海は檻だ。この原始的な生活の中で呼吸をしていると、島の奥へ奥へと落下していく感じがするんだよ。

芳朗　私もあの猛々しい緑の中に埋もれたように、建っている小さいトタン屋根を

芳朗　見ているとたまらなくなります。（芳朗、ポケットから紙切れを取り出す）聞いてください。これは、私が最近書いた詩です。

奥　ほう。（寝ていた姿勢を起こし、芳朗を見つめる）

芳朗　読んでみます。

光は濡れてゐる

トタン屋根に
冬の陽はしみじみ冷たい

何時も思ふ　私の心のうつろを
何時も思ふ　周囲の人たちの冷やかな眼を

時雨が　ただ時雨が
私の心を　そして私の周囲の人たちの眼を

さめざめと自然に濡らしてくれる
トタン屋根に冬の朝
さめざめと光は濡れてゐる・・・・
しろがね色に射すはなやかな光ではあるが
ソウシ樹の若々しいタッチをやをらかに流す映ひではあるが
ああ冬の陽は
トタン屋根にしみじみ冷たい・・・・

奥　（海のかなた一点を見つめる）

芳朗　先生にも、異動通知が届いたのでしょう。

奥　きた。

芳朗　私にもきました。牧さんにもきました。やっぱり、あの演説会がいけなかったんでしょうね。

奥　我々は、危険思想家というレッテルを貼られたんだよ。

芳朗　危険思想家ですか。誰か他の人のことみたいですね。あたり前のことを言っただけなのに。

奥　当たり前が通用しないところなんだよ。

芳朗　そうですね。

奥　異動どおり、徳之島に帰るのか。

芳朗　いえ、私は東京に行こうと思います。

奥　東京？

芳朗　はい、東京。この島に打ち寄せる潮騒の音を聞いていると、何かせかされる思いがするのです。このままじゃだめだと。

奥　そうか。それもいい。私は、今しばらくここでがんばってみるよ。

二幕

この手を御覧！

時　千九百二十八年（昭和三年）
所　東京
人　泉　芳朗《ほうろう》
牧　周二（奄美時代の小学校の同僚）
奥　忠志（奄美時代の隣りの小学校の教師）
祈　曙英（奄美出身のロシア文学者）
黒川　慎吾（詩人）
高田　たか子（詩人）
我那覇　南空（沖縄出身の詩人）
伊福　竜彦（詩人）
小田　誠司（詩人）
日原　正良（詩人）

ガラガラと引き戸の音。芳朗と高田たか子が入って来る。

奥　おや、お帰り。

芳朗　お帰りは、ないでしょう。
高田　そうですよ。泉さんのいない部屋にかってに上がり込んで。
奥　毎度、どうも。
牧　お二人は、デートですか。
高田　もう、牧さん、からかわないでください。
芳朗　大学の辺りを少し散歩してきました。
牧　やっぱりデートじゃないですか。たか子さんは人妻ですよ。あぶないあぶない。
高田　そんなんじゃありません。泉さんは私の家庭の事情を聞いてくださったんです。
奥　事情？
高田　愚痴かな？ほら、そこにガラスの瓶があるでしょう。そう、その瓶。奥さん、ちょっと振ってみてください。
奥　何にも入っていませんよ。
高田　そう。そこにはさっきまで、白銅貨が入っていたの。それを泉さんと二人で全部使っちゃった。
奥　全部ですか。

高田　そう、全部。
芳朗　全部はおおげさだな。たったコーヒー二杯分です。
高田　泉さんっておもしろいの。瓶をね、こう振って、「おたかさん、まだコーヒーを飲むぐらいはありますよ」って、おっしゃるの。それで、私、遠慮なくごちそうになっちゃった。
奥　おまけに愚痴まで聞いてもらった？
高田　そう。青森にいる夫のこと、三人の子どもたちのこと、仕事のこと、詩のこと。いっぱいでしょ。おかげで、すっきりしちゃった。
牧　それはよかったですね。
高田　今日はお友だちもごいっしょ？
牧　我那覇君です。彼は沖縄出身の新進気鋭の詩人ですよ。
我那覇　我那覇です。
高田　あなたも島の方なのね。
我那覇　はい、リキジン（琉球人）です。
高田　そんなおっしゃりかたは止めてください。確かに、私たちのまわりには、琉球出身の方を差別するような人もいます。でも、それは間違っています。

我那覇　そうですね。その通りです。今の私の言い方、撤回します。
高田　撤回ですか。いさぎよいですね。
我那覇　詩人としてあるまじき行為です。
高田　あるまじき行為？
我那覇　言葉には魂が宿ります。いわゆる言霊ですね。自らを貶めるような言い方をした自分を恥じます。
高田　私も詩人の端くれですから、それはわかります。
我那覇　私たちの故郷はなまりの強い方言を使います。見た目も若干、こちらの方とは違います。しかし、それはけっして人間として劣っているということではありません。
牧　確かにその通り。しかし、今もこの東京には島に対する偏見や差別はある。まちがいなくある。私も肌で感じる。それなのに、えらいなぁ。泉君は。堂々と、島を唄っているんだから。これを読んでごらんよ。

奥、牧の差し出す原稿用紙の詩を声に出して読む。

土のみには

この手を御覧！　この手を
あの　からすきと一束となって
土の底を　犂き廻る　掻き廻り
さて　是に　幾十度の春秋が刻まれたか・・・・
毛穴はかいもく毀れ荒れて
其処から滲み出すものは・・・・
汗やら血やら見分けがつかぬ

この手を御覧！
所詮土の底には
掴むべき何物も恵まれてはゐなかった
只　あてどもなしに
島の節から節へ背から背へ
蠢々と黙々と寂しい命の殻を曳きづりながら

・・・今の今まで
だが　土のみにはそむけないこの手だ

奥　これって、やるせないほどの島への思いですよね。
牧　そう、我々が結果的には、見捨てた島。
奥　いろいろありましたからね。
牧　それでも泉くんは、「島を愛する」と叫んでいるんだよ。私には、これが詩としていいかばかりのものかわからないが、胸がうずいてしょうがないんだ。
芳朗　未熟な詩です。でも、私にとって今一番、心にかかることです。
我那覇　この詩は「私は島の人間です」ってことを言っているわけでしょ。これってある意味レジスタンスじゃないですか。
芳朗　いや、私は何も、そう息巻いているわけじゃないんですよ。逃げも隠れもできない、島は私自身ですから。

祈曙英、黒川慎吾が連れ立ってやって来る。

祈　おられるかな。

芳朗　あっ、祈先生。黒川さんもご一緒に。どうかされましたか。

祈　いやいや、池袋の駅前で、黒川さんにばったり会ってね。それで、何だったら泉君の下宿に寄ってみようかってことになってね。

芳朗　そうですか。それはそれは。黒川さんも、どうぞどうぞ。

黒川　おやおや、千客万来だね。

芳朗　いつものことです。狭いですけど、そのあたりにお座りください。祈先生もどうぞどうぞ。

祈　私はもう座っているぞ。こちらは？

我那覇　申し遅れました。我那覇と申します。よろしくお願いします。

芳朗　我那覇さんは沖縄の八重山の方です。私と同じ詩を書いておられます。こちら、祈先生。奄美大島出身のロシア文学者です。

我那覇　ご高名は、うわさに聞いています。お会いできて光栄です。

芳朗　こちらは黒川さん。私の詩集は二著とも黒川さんのところの大地舎から出していただきました。

我那覇　「地上楽園」の黒川さんですね。初めてお目にかかります。

黒川　泉君からお名前は、ときどき聞いています。なかなか骨のある詩人だと。
我那覇　恐縮です。
黒川　気が向いたら「地上楽園」の集まりにも顔を出してください。泉君は、なかなかの活躍ですよ。
我那覇　たった今、泉さんの詩を読んで、ちょっと打ちのめされているところです。
黒川　ほほぅ。
我那覇　というより、私は私を恥じています。

祈他、みな耳をそばだてる

我那覇　私はさっき泉さんから紹介されたとおり、沖縄の出身なんですが、実は筆名をこちら風にしようかなと、心のどこかで考えていました。
祈　我那覇じゃすぐに、琉球人だと知れるもんな。
我那覇　はい。そのとおりです。琉球人だから、こういう詩が書けるんだという先入観で作品を見てもらいたくないという思いももちろんありますが、それよりも私自身、自分の出自を隠して、本土人の中に紛れこもうとしていました。

黒川　私は詩の郷土性は詩壇においてもっと現実的にならねばならないと考えているよ。南方の島の人情風物は多くの本土人にとってある異国的香気を感じさせるだろうし、その土地に生きる者にしか表現できないものがあるはずだからね。

祈　黒川さん、あなたがおっしゃっている一般的な郷土性と琉球の持つ郷土性とは、若干、意味が異なるのではないですかね。

黒川　どういう意味でしょう。

祈　何かにつけて、島出身であることは、大きなハンディキャップなんですよ。島出身であるというだけで露骨な蔑視に耐えなければならないのです。

黒川　ええ、ええ。

祈　だから私は、我那覇君のそういう思いをいちがいに切り捨ててしまえないのです。でも、そんな中にありながら、泉君は奄美人であることをさも誇らしげに歌いあげているではありませんか。すごいことでしょ。総てを引き受けるということですよ。我那覇君は、そのことにまいったと言っているのではありませんか。

我那覇　その通りです。さすがです。私以上に私のことをよくわかっておられる。

祈　私はね、泉君のことを、奄美を表現し得る民族詩人が彗星のごとく地平の彼方に現れたと思っているのです。

芳朗　あんまり持ち上げないでください。みなさん、本気にしますから。

祈　いや、私はうそは言わないよ。学者だからね。長い間、一孤島に秘められたエキゾチックな匂いの高い不可思議な物語が、君の芸術によって輝き出したと思っている。そして、運命に虐げられた同胞の孤島苦が、純真な君の心緒に触れて哀歌となって溢れだしている。私には、そのように思われるんだがね。

高田　お話を聞いていたら、何だか泉さんのお人がらが、どこからきているのかわかったような気がします。

奥　高田さん、我々もみんな島の人間ですよ。泉君だけではありません。

高田　はい、こんなおだやかな人の輪に入れて幸せです。

緊張がとけたようなゆるりとした雰囲気に変わる。

牧　では、ここらで始めますか。

奥　そうですね。やりましょ、やりましょ。（奥から蛇皮線を持って来る）

牧　今夜は祈先生に打ち出してもらいましょうかね。
祈　そうですか。ではやりますよ。みなさんも合わせてください。島の流儀では打ち出しの歌も決まっているのですが、ここは東京ですから、こだわらなくていいでしょう。何でもリクエストしてください。
奥　まずは、家主の泉君からいきましょうか。
芳朗　俊良主節もいいし、くるだんと節もいいな。しかし、何だか今夜はこれだけの島の人に囲まれてうれしいような哀しいような気分だから、おもいきってかんつめ節にいくかな。
祈　そこにいきますか。みなさんに説明がいるんじゃありませんか。
牧　それは私がしましょう。得意の分野ですから。
芳朗　あっ、お願いします。
牧　黒川さんも高田さんもご存じないと思いますが、実は奄美大島には明治四年に解放令が出されるまで、「家人《やんちゅ》」という、いわば奴隷制度があったんですよ。
黒川　奴隷制度ですか？
牧　奴隷制度といっても、アメリカ大陸の奴隷制度とはちょっと違うんですが、薩藩時代に租糖の上納ができないかあるいは何かで進退に窮した者が、代償と

黒川　して年期奉公に入ったのが、「家人」のはじまりだっただろうと言われていま
す。本土で言うと、中世の「家人」（けにん）制度に近いものだったように記
述しているものもあります。

牧　家人《けにん》ですか。

黒川　ええ、ええ。だから一般の農民も彼等に対して厳密な差別感は持っていなかっ
たのではないかと言われています。というのも、「家人《やんちゅ》」とはいえ、昨日まで
は自分たちと同じ百姓仲間だったわけですから、また、自分たちとて何時「家
人」の仲間入りをしないともかぎりませんから。しかし、富農階級の主人の
中には、「家人」を財産視して売買したり、生殺与奪の権を行使した者もいた
ようです。

奥　かんつめというのは、家人の娘の名前です。かんつめ節というのは、かんつ
めという娘の哀しい恋の物語です。島ではよく知られている歌ですが、夜更
けには唄ってはならんという古老もおります。

高田　なんだかぞくぞくしてきたわ。

奥　そう。ぞくぞくする話なんですよ。

祈、静かに蛇皮線をつま弾く。

芳朗　♪　かんつめや名柄　岩加那や真久慈
　　　　恋路隔めとて　思の深さ

奥　「かんつめの村は名柄《ながら》　岩加那の村は久慈
　　二人の恋路は隔てられているが、思いは深い」という意味です。

芳朗　♪　あかす世や暮れて　汝きゃ夜や明ける
　　　　果報節のあらば　またみ逢そ

奥　二人の恋を知った主人の嫌がらせに耐えかねて、かんつめは二人の逢瀬の場だった山小屋で首を括ってとうとう死んでしまうのです。それとは知らない岩加那がいつもどおり唄遊びに興じているうちに、夜が白々と明けてきたのです。

高田　それがこの歌詞。

奥　　幽霊の世は終わって、あなた方の世が明ける。いい折があけば、またお会いしましょう。

芳朗　　♪　昨夜がでぃ遊だる　かんつめ娘くゎ
　　　翌日が夜なたとぅ　後生が道に御袖振りゅう

奥　　昨夜まで遊んだ愛しいかんつめ。翌日の夜になると、あの世へと旅立って、袖を振っている。

高田　こんな悲しい歌、誰が歌ったのでしょうね。

祈　　島の歌は即興ですから、誰もが思いを込めて歌うことができるんですよ。

芳朗　ちょっと悲しすぎましたね。ほかのにしましょう。

　　牧、奥、祈、泉と次から次へと歌い続ける。
　　引き戸を開けて、黒川と高田が出て来る。

高田　言葉の意味はわからなくても、あののどをしぼりあげるような高い唄声には

黒川　何だか胸をかきむしられるものがあるわね。彼等には、我々がどんなに踏み込んでも共有できない世界があるのかも知れない。

高田　私は何だかうらやましいわ。彼等が共有している何か、根っこを同じくしている何か。それは、私たちが失った何かであるような気がする。

所変わって、池袋郊外の私宅。詩壇会のメンバー十四、五人が、座机を囲んで座っている。

芳朗　あなたは、私が主宰している詩誌の題名が「詩生活」ということで、何か誤解をされているのではないですか。

小田　私は「モラル」の頃の人生派的な貴方の生き方には、たぶんに共感もし、又、同伴もして来たのですが、「詩生活」に到った現在の貴方の傾向には遺憾ながら決別するの他ありません。

芳朗　「詩生活」という本誌の題号に「生活」の二字がくっつけてあるため、いわゆる生活派の詩人であるというふうに考えられているわけですね。

小田　そうです。私は生活派などという限定されたジャンルの中に自分を縛りつけておけないのです。私は人生派の詩人でありたいのです。

芳朗　「人生派」には何か高遠な芸術意識があり、反対に「生活派」には最も低俗な日常性だけしかないと思い込んでいるようですね。

小田　違いますか。

芳朗　たしかに従来の生活詩にそのような傾向があったということはいなめません。

小田　そうですよね。

芳朗　従来の詩壇に充満しているいわゆる「生活詩」及びその派の「詩人」にも罪があると考えます。

伊福　普通の用語例において生活という言葉は実際的な日常生活を意味しますよね。

芳朗　ええ、そのとおりです。

伊福　ということは、生活派の詩人とは、実際的な生活意識に即した詩を書く詩人であるということになりませんか。

芳朗　そういうことになりますね。

伊福　では、あなたの見解とどう違うのですか。

芳朗　私がいう生活とは、生活経験総てをさします。詩人は現実に浸り、現実に随伴する。つまり、詩は単純に人間の意識性のみに基づくものではなくて、常に人間の全的存在に関わりをもっている。

伊福　生活イコール全的存在というわけですね。

芳朗　詩人が詩作するということは、彼の全的生活経験が生々しい感覚要素として具体的な組織を持つと考えています。その内的形成力から必然的に発展したものが、人間的体験としての感情や精神やそれらのロジックとしての思惟性が言葉に形象され詩的構造として対象化されたものに他なりません。

伊福　わかるような気もしますが・・・。

芳朗　かのゲーテも言っています。「一行といえども経験せられざるものを含まず、又、一行といえども経験せられたままのものを含まず」と。（言葉を切る）

芳朗　本誌に「生活」の二字をくっつけていることは、過去のそういう感覚論的生活誌　や「生活派」と混同されがちですが、その大きな危険を敢えて冒して「詩生活」を本誌の標題にした理由は、「生活」と「行動」のある所にのみ現代の「人間の本質」「生命」は究められ、その新たなアントロポロギーの燃焼する雰囲気にこそ今日の詩のモチーフがあると確信しているからです。

所、変わって、巣鴨の泉の下宿、増す乃屋。座卓の横に敷いた布団に泉が寝ている。

日原　泉さん、いる?あれ、いないのかな。(引き戸を開けて中に入る)
日原　泉さん、入りますよ。

泉、ゆっくりと布団の上に体を起こす

日原　あれっ、いるじゃないですか。どうしたんです。明かりもつけないで。(日原、裸電球のスイッチをひねる)
芳朗　ああ、ちょっと具合が悪くて、寝ていたんだ。
日原　風邪ですか?
芳朗　いや、持病の喘息だ。
日原　それは、いけませんね。ここのところ頻繁に出ているんじゃありませんか。
芳朗　そうだな。君、すまないが、その棚の上の缶を取ってくれないか。
日原　これですか。

芳朗　そうそう、それです。
日原　何ですか、これは。
芳朗　（大事そうに缶のふたを開ける）これはね、黒砂糖だよ。田舎から送ってきてくれるんだよ。
日原　奄美大島からですか？わざわざ。
芳朗　そうだよ。わざわざ送ってくれるんだよ。
日原　自家製ですか。
芳朗　そうだよ。自家製ですよ。
日原　まだ、黒砂糖をつくっているんですね。
芳朗　もちろんだよ。奄美は芋と砂糖黍以外はほとんど何もつくれない赤土だからね。
日原　赤土ですか。
芳朗　このあたりの肥沃な関東ローム層とは違って赤土なんだよ。雨が降るとどろどろと解けてぬかるむ痩せた土だ。それでも砂糖黍は育つんだ。ありがたいことだね。
日原　つらい歴史もあったとは聞いていますが。

芳朗　そうだね。それもある。しかし、そうじゃなくてもこの砂糖の塊一つ、口にできるようにするにはたいへんな労力だよ。
日原　そうでしょうね。
芳朗　植え付けから始まって、背丈以上に育った黍の刈り取り。皮を取り払って先の方を切り落とすんです。これがけっこうたいへんでね。私も子どもの頃からよく手伝わされていたもんです。
日原　子どももですか。
芳朗　もちろんですよ。子どもは一家の大事な労働力ですよ。やれることは何でもやります。
日原　そうですか。
芳朗　皮を取り払った後は両手で抱えられるぐらいにまとめて、両端を綱で縛ります。それを、畑から牛車の通れる所まで運ぶのも一苦労。重いですからね。
日原　子どもも？
芳朗　子どもはそれなりに工夫して、兄弟姉妹で一束運んだりね。
日原　何だかリアリティがありますね。
芳朗　そうでしょ。きっと、今でも島の子どもたちはそうやって働いていますよ。（泉、

芳朗　遠い目をしてしばらく黙る）
　　　島の子どもたちは、今、私が勤務している板橋小学校の子どもたちとは、別世界に生きているような気がします。
日原　（うんうん、黙ってうなずく）
芳朗　君も一つ、いかがですか。（泉、黒砂糖をつまんで渡す）
日原　いいですか。では、一つ。
芳朗　黒砂糖は、島では薬だと思われているんです。（そう言いいながら、こんこんと咳き込む）
日原　ちょっとひどいですね。
芳朗　夜中に決まって咳き込むんですよ。布団に入って体が温まると吹き出すように咳が出てくるんです。座っても、横になっても、立っても、歩いても咳は止まらないことがあります。
日原　そんな時は？
芳朗　誰もいませんからね。布団を背中に当てて、黒砂糖を嘗めていますよ。
芳朗　咳だけならいいんですけどね。あまり他の方には言わないでくださいよ。ときどき痰に血液が混ざることがあります。もともと肺の弱い私に東京の空気は合わないのでしょう。

日原　それはいけません。

芳朗　夜中にじっとしていると、泥のように崩れていく肺臓の音が聞こえるんですよ。

日原　そんな弱気なこと言わないでくださいよ。この前の詩壇会、思いだしてください。あの面々を相手にあれだけ論破できるのは、泉さんだけですよ。

芳朗　いや、あれは私が常日頃考えていることをしゃべっただけで・・・いささか興奮していたのは事実だがね。

日原　あの後の「詩韻律」の議論も目から鱗でした。

芳朗　なかなか分かってもらえなくて、私も忸怩たる思いがしていますよ。

日原　日本近代詩の一番大きな、本格的な壁が、詩に於けるリアリズムの韻律であるということですよね。

芳朗　詩の韻律感は二つある。内在的韻律と外在的韻律、これは主として音数律なんだがね。私はこの内在的韻律を具体的に明らかにしようと考えているのだが、なかなか難しいですね。

日原　それを、あの詩壇会の方々に納得させたのだからすごいですよ。

芳朗　しかし、詩の理論だけではどうにもならない。「理論は実際の詩作で示せ」と言われて、ぐうの音も出なかったよ。
日原　確かにそうですけど。あれは、「新韻律論」といっても過言ではないですよ。
芳朗　私はね、詩のことを考えない日は一日だってないんだよ。しかし、一行の詩も書けない。詩人はやっぱり詩を書かなければだめだ。（体をよじって、座机の上から数枚の紙を取り上げる）
芳朗　これを見てくれ。幻覚が天井に現れるので写したんだがね。
日原　これは。（日原、一枚一枚見ていく）海の藻にも見えます。砂丘のようにも見えますね。これは般若面の一部でしょうか。沸き立つ雲にも見えますね。
日原　あっ。（小さく声に出し、しばらく黙り込む。そしてきっぱりと）この中に、尾山さんが、尾山喜栄子さんがおられます。
芳朗　そうかもしれないね。
日原　そうだったのですか。そういう関係だったのですね。いつも、自分のことを話されないので、ちっとも気がつきませんでした。そうだったのですね。
芳朗　いろいろと難しい問題があってね。
日原　難しい問題と言いますと？

芳朗　（言葉を選ぶように口ごもる）実は、彼女のご両親が私たちのことに反対なんだよ。
日原　どうしてですか。尾山さんも泉さんと同じ小学校の教師だし、詩もおやりになっておられるでしょう。ぴったりじゃないですか。
芳朗　彼女は尾山家の養女なんだよ。養女と言えば、もう、わかるだろう。彼女に背負わされている宿命は家を守り継いでいくということなんだよ。
日原　しかし・・・。
芳朗　わかっている。ご両親の反対する気持ちも痛いほどわかるんだ。そして、それに胸を痛める尾山さんの気持ちもね。私といっしょになることが果たして彼女にとって幸せなことなのか、私にはわからないんだよ。（泉、激しく咳き込む）
芳朗　すまない。ちょっと、横になってもいいかな。
日原　ああ、すみません。長居をしてしまって。
芳朗　いや、いいんだよ。もう少し話そう。
日原　そうですか。
芳朗　ほら、あなたにも聞こえるでしょう。あれは板橋街道を走る軍演習の戦車の

日原　音ですよ。
芳朗　聞こえますね。
日原　柳条溝以来、不穏な日が続いている。
芳朗　国家総動員法が可決され、先般は米の配給制も実施されました。
日原　同人の高橋も鈴木も青木も出征したよ。
芳朗　小田誠司にも赤紙が来たということです。
　　　そうか。小田もか。世の中きな臭くなる一方だ。我々の仲間でも戦意高揚の詩作をしている者もいる。私には「ころしあいばんざい」とはどうしても言えそうにない。
日原　言えなくても言わざるを得ない日が来るかも知れませんね。
芳朗　日原君、私はつくづく詩人の非力を感じるよ。僕ら詩人がもう少し自由に朗らかにものが言えたり書けたりできるご時勢が一日も早く到来してほしいものだね。
日原　はい。
芳朗　疲れたね。

戦争

山峡の村に秋が深んで行った
山娘達は焚火を囲んで山の疲れを温めてゐた
町の聯隊の太あ坊から便りのあった晩だった
太あ坊は村から出たたった一人の兵隊さんだ
――太あ坊も戦争にゆくげなぞ　満州でいくさがおっぱじまったちうてな！
――？　又満州いくさが！
焚火が真赤な舌をとぐろを巻いて娘達の小さな胸はふるえた
――太あ坊がゆけばおらせつねえなあ
――何で戦争なんかするんだろ？
やがて山際の雲間から月も湿っぽい顔を出した
神話の村へ悲しい挨拶を送るやうに
月といっしょに娘達の頬は夜通し淋しくてほてってゐた

三幕

肺腑煮える

時　千九百三十九年（昭和十三年）から

所　郷里　徳之島

人　泉　芳朗
泉　喜栄子（妻）
泉　うし（母）
文　哲治（神の嶺国民学校教師）
北　豊　（神の嶺国民学校教師）
住民　　児童

海浜一帯に広大な珊瑚礁。長い砂浜が続く。
白い砂浜を踏んで、芳朗と喜栄子がゆっくりと歩む。芳朗の手には蛇皮線。

喜栄子　何時来てもきれいな砂浜ね。
芳朗　うん。
喜栄子　こうしていると、戦争なんてどこか遠い国の話みたい。
芳朗　ああ。
喜栄子　どうかした？
芳朗　いや、べつに何も。
喜栄子　それならいいけど。いよいよ明日からよ。あなたは、明日から、神の嶺小学校の校長先生よ。
芳朗　そうだね。
喜栄子　二年前に、代用教員の辞令がおりた時も、びっくりしたけど、今回の校長の辞令もちょっとびっくりね。
芳朗　そうだね。
喜栄子　そうよ。二年前は、東京で十七年も教員経験のあるあなたに代用教員なんて、屈辱的だと思ったわ。
芳朗　いや、あれはあれでしょうがなかったんだ。私には、自由主義者という赤いレッテルがベタッと貼られていたからね。

喜栄子　それは、あなたが若い時にここで教員として過ごした時のことでしょう。あなたたちは、あたりまえのことを言っただけで、自由主義者よばわりされただけよ。

芳朗　わかっているよ。しかし、島には今もそのことに不信感を抱いているえらいさんが何人もいる。視学の丸野さんが、ずいぶんと骨をおったみたいだよ。

喜栄子　そうでしょうね。自由主義者イコール非国民、イコール国賊ですものね。つまり、あなたは国賊ってわけ。

芳朗　そう。それで丸野さんが、「泉を採用して、それが悪かったらいつでも辞めさせる」という条件つきで、やっと代用教員の道をつけてくれた。

喜栄子　それが、二年間で教頭になり今度は校長よ。すごい抜擢だね。

芳朗　何が評価されたのかはわからないが、与えられた任務はきちんとやるしかない。喜栄さんには、今までずいぶん迷惑をかけた。これでいくらかでも楽にしてやれるかも知れない。

喜栄子　何をおっしゃいますか。私、伊仙村の青年学校の家庭科の教師としてけっこう役に立っているんですよ。

芳朗　おかげで私の胸の具合もだいぶ良くなった。

喜栄子　そうね。あの時「僕の病気は島に帰ったら必ず治る」と言うものだから、それを信じてついて来たのですが、実はびくびくものでした。だって、島には病院もないっていう話でしたし、これ以上悪くなったらどうしようって。もう、そればっかり。

芳朗　島の気候風土がよっぽど私に合っているんだね。医者にもかからずにいつの間にか治ってしまったよ。

喜栄子　そうね。東京とはずいぶんちがうわ。

芳朗　おまけに電気もガスも水道さえもない、最果ての島。頼りの夫は、胸の病気。よくついて来てくれたね。

喜栄子　今さら何を言うんですか。（喜栄子、水平線のかなたに目を向ける）

芳朗、近くの岩の上に腰を降ろす

蛇皮線のばちを二、三回はじく。そして、静かに歌い出す

♪　黒だんど　仲勝川内ぬ　黒だんど

栄多喜主ゃ喜び　ミヨ松ゃ泣きまえ

喜栄子　きれいなメロディーですね。
芳朗　いい唄だろろ。
喜栄子　どういう意味ですか。
芳朗　これはね、私なりの解釈なんだがね、ミヨ松というのは、子守娘だ。もしかしたら、いやおそらく家人の娘だったのだろう。
喜栄子　家人の話は聞いたことがあります。
芳朗　「空が黒々となってきた。地主の栄多喜主は待望の雨が降って喜ぶだろうが、家人のミヨはますますこきつかわれるので、泣いてしまうよ。」というような意味かな。
喜栄子　一種の子守歌だったかもしれませんね。
芳朗　そうだね。私はね、この歌を歌うとどうしても喜栄さんのことが思われてならないんだよ。
喜栄子　私ですか。
芳朗　そう、あなた。
喜栄子　そうですか。（夕日の沈みかけた水平線に再び目を向ける）

芳朗　夕べも泣いていたね。
喜栄子　・・・・
芳朗　私の前でも泣いていいんだよ。
喜栄子　だって、あなたに涙を見せたら、あなたをうらぎっているように見えるでしょう。
芳朗　そんなことはない。けっしてそんなことはない。人間として自然な情だ。
喜栄子　(肩を振るわせ、しゃくりあげる)
芳朗　喜栄さんには、ほんとうにつらい思いをさせてしまった。申し訳ないと思っている。
喜栄子　いいえ、これは私が選んだ道です。悔いはありません。
芳朗　そうだね。それでもつらい日がある。
喜栄子　尾山の両親には、ほんとうに申し訳なかったと今でも思っています。実の娘以上に大切に育ててくれたのに、後ろ足で砂をかけるような真似をしてしまって。
芳朗　反対されるのも当然のことだと私は思っているよ。どこの馬の骨ともわからない病気持ちの男といっしょになって、最果ての孤島に落ちていく娘を止めない親はいない。

喜栄子　あの時は、むちゅうであなたについて来ましたが、今では両親の気持ちもわかります。わかってもらうためだとは言え、ずいぶんひどいことも言いました。

芳朗　私さえ喜栄さんの前に現れなかったら、今頃は東京の空の下、ご両親の膝元で何不自由なく暮らしていただろうとを思うと私もせつなくなる時があるよ。

喜栄子　ええ、ええ。だから、あなたの前では泣いてはいけないと思ってきました。

芳朗　ほらほら、そういうところがこの唄の旋律と重なりませんか。これからは、私が「くるだんど節」を歌う時は、いつでも喜栄さんのことを思って歌っているんだと思ってください。

芳朗、静かに歌い出す。

♪　走りよ舟ぐわ　白帆舞きゃ　　　　　（走れよ船　白帆をなびかせて）
走りよ舟ぐわ　戻しなりゅんにゃ　（走れよ船　もう戻すことはできない）
黒潮乗ん出ち　戻しなりゅんにゃ　（黒潮に乗り出して　もう戻すこ

とはできない）

喜栄子　私はもう泣きません。ほんとうの覚悟ができました。どこにも行きません。都落ちと言われようが地の果てと言われようが、親不幸と言われようが、ものを知らないやまと嫁と言われようが、この太平洋に浮かぶ小さな島に揺られて生きていきます。あなたといっしょに。

神の嶺小学校の朝礼式。七百人の児童が並んでいる。
国民服姿の芳朗、朝礼台に立つ。

芳朗　おはようございます。今日はみなさんに大事なお知らせがあります。みなさんも知っているように、今、南方では激しい戦闘が繰り広げられています。それに従って約五千人の奄美守備隊がここ徳之島に来ておられます。私たちには、この五千人の兵隊さんを守る役目があります。では、どうやってお守りするかと言いますと、まずは、食糧増産です。今までもみなさんはしっかりやってきましたが、それでもまだまだ足りません。この小さい島で五千人分の食糧を新に増やさないといけないからです。
学校実習地、田地五反、畑地四反。学級農園、畑地二反。報国農場、畑地八反。
興亜農場一町四反。これに加え、今日からはさらに山間部の開墾を進めることになります。各々の先生方の指示に従って、すみやかに行動すること。
いいでしょうか。

児童たち　はい。

芳朗　山羊、二十四頭、兎十六兎、牛一頭、馬一頭、豚二頭、鶏十三羽の飼育動物の世話もおこたりなくすること。そして、暇ひまにヒマの採集もこころがけること。いいですか。

中　ひまひまにひまの採集。

児童1　ふふふふふ

児童2　くくくくく

児童3　んんんんん

芳朗、おもむろに児童等に近づく。児童等、表情をこわばらせて、直立不動の姿勢。

芳朗　（にやりと笑って、中《あたり》のいがぐり頭に左手を載せる。間をおいて）中《あたり》君は、頭がいいなぁ。言葉遊びがわかるんだもんね。おもいっきり国語の勉強をさせてあげたいね。（再び朝礼台に戻る）

芳朗　キョツケ。では、それぞれの担当の先生に向かって、四列縦隊で行進始め。いちにぃ、いちにぃ、いちにぃ、いちにぃ。

児童等、一糸乱れず行進する。高学年担当の北の前に十数人が並ぶ。

児童4　ぜんたぁい、とまれ。

児童等　いち、に、さん。

北　ひじゃ畑担当の五、六年生は、私についてくること。途中、海端のけわしい崖がある。十分に注意すること。落ちたら、命の保証はない。自力で這い上がるか海の藻屑になるかだ。覚悟して進むこと。いいか。わかったか。

児童達　はい。

児童4　はい、先生。質問があります。

北　何だ。
児童4　ゆうべ、うちのとうちゃんが、島のすぐ近くの沖合に潜水艦が潜んでいると言っていました。潜望鏡でこちらの様子をじっとうかがっていると言っていました。大丈夫でしょうか。
北　こんな何もないちっぽけな島を砲撃するはずがない。大丈夫だ。
児童5　でも砲撃されたら、どうするのですか。
北　そんなことがあったら、浅間飛行場から戦闘機が飛んで来て、あっと言う間にやっつけてしまうさ。では、出発。

歩きながら

児童6　この頃、日本の船も見ないし飛行機もあんまり飛ばなくなったね。
児童7　燃料がないんじゃないか。ひまし油と松ヤニじゃ、あんまり遠くまで飛ばないよ。
児童4　大きな声だすな。これも、とうちゃんたちが、ひそひそ話していたことだけど、こっそり聞いた。

児童6　ふん。（顔を寄せる）

児童4　ときどき、ちょっと弱々しい飛行機が沖縄の方に向かって飛んでいくのが見えるだろう。

児童7　うんうん。

児童4　あれは、特攻機っていうんだってさ。

児童6　特攻機？

児童4　うん、特攻機。特攻機には、特攻兵が乗っていて、片道分の燃料しか積んでないんだって。

児童7　ということは、グアムかサイパンに向かって飛んでいるということか？

児童4　（さらに声をひそめて）違うよ。

児童6　違う？

児童4　アメリカの船に体当たりするんだよ。突っ込むんだよ。沖縄の周りには、アメリカの船がうようよしているらしいからね。

児童7　飛行機もろともか。

児童4　そうだよ。

児童6　じゃ、操縦していた兵隊さんはどうなるの？

児童4　もちろん、名誉の戦死さ。
児童7　名誉の戦死か。
児童4　うん。僕たちが供給している鶏の卵。あれを出撃する前に飲ませるらしいよ。
　　　それがまだおなかの中にあるうちに、死んでしまうらしい。
児童6　じゃ、ぼくたちが届けている卵が役にたっているんだ。
児童4　役にたっているというか何というか。

　　　南の空に特攻機機影が現れる。

児童7　あっ、ほら。あっちあっち。
児童5　行ったな。
児童6　行った。
児童7　僕たちの卵、飲んだかな。

　　　飛行機の飛び去る音

北　　まず、六年生。ここから一列縦隊。杖にしてきた棒で藪をたたいて進むこと。これから入っていく藪の中は、ハブの巣だ。咬まれたらどういうことが待っているか、君たちなら十分に知っているはずだ。
児童6　ハブがいるのか。おっかないなぁ。
北　　そうだ。ハブがいる。ハブの巣だらけだ。そう思ってまちがいない。だから、村の衆もここにはよりつかないようにしていた。しかし、もうそんなことは言ってはおれない。
児童7　わかりました。
北　　見付けたら、大声で叫べ。そして、持っている棒でみんなで徹底的に叩きつぶせ。絶対に逃がすな。
児童6　蒲焼きにするんですか。
北　　よけいなことは言わない。

児童等、一斉に藪を叩き始める。

北　　一時間過ぎた。休憩だ。

児童6　はい、これが今日の収穫。ハブ三匹。
児童7　かえる五匹。
北　何を言っている。今日は食糧調達に来たのではない。これから、ここを耕して畑にする。
児童4　食糧増産ばっかりだな。勉強なんか、いつできるようになるんだろう。
北　何をねぼけたことを言っている。南方で戦っている兵隊さんのことを考えろ。
児童4　申し訳ありません。口がすべりました。
北　二度と口にするな。この島には、兵隊さんがたくさんいる。
児童5　でもかあちゃんが言っていたよ。「行き声はあっても帰り声がない」って。
児童7　大本営発表は、「勝った、勝った」なのになぁ。
児童4　もうすぐここも戦場になるんじゃないいか。
北　もうそれ以上言うな。

児童、寝転がって空を見つめる。

北　おい、みんなあっちを見てみろ。

児童3　船だ。
児童4　船だ。
児童5　大きいね。
児童6　こんな大きな船がまだあったんだ。
児童4　すごいよ。
児童5　こんなに大きいの見たことないよ。
児童6　僕もだ。
児童7　僕も。
児童4　真ん中の一番大きな船を守っているように見えるね。
児童5　きっとそうだよ。十隻ぐらいいるんじゃない。
児童6　取り囲んでいるもんね。
児童4　あの沖の方を走っているのは駆逐艦じゃないか。
児童5　そうだよ。あれは、きっと駆逐艦だよ。
児童6　ほら、船の真上あたり、飛行機も飛んでいるし、すごいな。
児童4　南方に向かっているんだね。
北　ちょっと、待て。

児童等　えっ。
北　おかしい。（立ち上がって沖を見つめる）
北　伏せろ。

猛烈な炸裂音。林の木々もいっせいにざわめく。

児童4　火柱だ。
児童5　魚雷が命中したんだ。
児童6　汽笛が鳴っているよ。
児童7　鳴ってる、鳴ってる。
児童4　雲だ。黒雲だ。
児童5　まるでこうもり傘だな。
児童6　火事だよ。船がまるごと焼けている。
児童7　海が火の海になっている。おかしくないか、一面火の海だよ。
北　きっとガソリンドラムを積んでいたんだな。
児童4　南方に届けるためか。

北　たぶんな。あの燃え方は普通じゃない。
児童6　沈むよ、沈んでいく。
児童7　汽笛が鳴っているよ。まだ、鳴ってる。
児童4　まだ、鳴っている。
児童5　船が泣いているみたいだな。

海を見下ろして、みな呆然と立ちつくす。

北　よし、今日の増産作業はこれで打ち切り。学校に戻る。帰路、くれぐれも注意をおこたらぬよう気持ちを引き締めて出発。
児童3　先生よう、あの船に乗っていた兵隊さんたちは、どうなったの。
北　わからん。
児童4　みんな焼け死んだのか。
北　わからん。
児童5　ひとりぐらい生きている人もいるんじゃないか。
北　わからん。

児童6　助けに行かんでいいのか。
北　わからん。
児童4　先生、海に行ってみよう。
北　いや、かってなことをしてはならん。
児童5　行ってみよう。

みんな、かってに走りだす。緊急事態を知らせる早鐘が村じゅうに鳴り響いている。海岸には、すでに村中の人間が押し寄せている。

村人1　やられたね。
村人2　無惨なもんだ。
村人3　見てみろ。跡形もないよ。私等、夢を見ていたんじゃないのかね。
村人4　夢であって欲しいが、どうも夢ではないらしい。ほら、あそこ。(指さす方向に黒い人影。みな息を飲む)
村人1　満ち潮だ。次々、来るよ。
北　校長先生、かってながら本日の増産作業は私の判断で途中で中止いたしました。
芳朗　それがいいですね。
北　子どもたちは、すぐに下校させてよろしいでしょうか。
芳朗　いや、ちょうどいい。君たちは、家の戸板をはがして持ってきてくれ。
児童4　戸板？
芳朗　そう、戸板。家の戸板をはがして持ってくるんだよ。たんかのかわり。
児童5　わかりました。
児童6　何枚ぐらいですか？
村人2　ありったけだ。
児童4　そんなに？
芳朗　船が大きい。乗っていた人間は三千、いや四千はくだらないかも知れない。
村人3　来るよ。どんどん来るよ。
村人4　とにかく砂浜まで引きあげよう。
村人1　真っ黒だよ。顔も手も真っ黒。
村人2　これはひどい。これじゃすすだよ。
村人1　骨が見えているのもある。

村人3　人間も焼けたらこうなるのか。
村人4　ズボンがそのまま、焼けていないのがせつないなぁ。
村人1　海の中に飛び込んだまではよかったんだがな。どうにもならなかったんだろう。
村人2　戦争とは言え、むごいもんだわ。

村人等、無言で遺体を戸板に載せ砂浜に並べる。夜が明ける。みなぐったりとなって砂浜に腰を降ろしている

村人3　収容遺体二百八柱。
村人1　疲れた。ほんとうに疲れた。
村人2　一人ひとり、親もあれば子もあろう。故郷を離れてこんなところで屍になるとは思ってもみなかっただろうよ。
村人3　せつないね。

千九百四十四年（昭和十九年）、十月十日、午前七時十分。空襲警報発令。

敵機浅間飛行場に対し初の空爆をなす。
芳朗、脇差しを腰に差し、あわただしく、宿直室に飛び込んでくる。

芳朗　おーい、当直は誰か。
文　文《かぎり》です。
芳朗　おお、哲治か。空襲警報が発令された。敵機が接近中だ。
文　はい。
芳朗　手伝ってくれ。急いで、御真影を避難させなければならん。
文　はい。
芳朗　奉安殿を開けてくれ。
文　わかりました。かぎはこれです。
芳朗　よし、行こう。

二人、大急ぎで駆け出す。校庭をつっきり、奉安殿の階段を駈けのぼる。

文　開けていいんですよね。

芳朗　開けていい。
文　恐れ多くて手が震えます。
芳朗　恐れる必要はない。
文　開きました。
芳朗　よし。
文　もう一つあります。
芳朗　それも開けろ。
文　固いです。かぎが動きません。
芳朗　何てことだ。たかが写真一枚を保管するのに、神殿を建て、二十の扉にするとは。
文　びくともしません。
芳朗　時間がない。哲治、蹴破れ。
文　破っていいですか。
芳朗　いい。中のは木造扉だ。早く、壊してしまえ。
文　割れた。
芳朗　よし、これで包んでくれ。

文　はい。

芳朗　始まった。浅間陸軍飛行場の爆撃が始まった。急げ。

　芳朗、御真影を胸に抱いて逃げるように走る。文もそれに続く。

文　かねての予定どおり、第一奉遷所でいいですか。

芳朗　ああ、断崖絶壁の中に口を開けている鍾乳洞だ。あそこなら、敵にも気づかれまい。

文　しかし、あそこは急斜面ですね。

芳朗　ここから五百メートルだ。見つかったらおしまいだ。ガジュマルの木のトンネル道を行こう。あの中なら大丈夫だ。

文　はい。

　二人、しばらく無言で走る。ガジュマルの木に肩で息をしながらよりかかる。

芳朗　哲治は、甲種合格らしいな。

文　はい。もうすぐ沖縄守備隊として入営します。
芳朗　そうか。私のような胸の病気持ちには、声はかからないだろうが、哲治はりっぱな体を持っているからなぁ。
文　体だけは、丈夫です。
芳朗　ありがたいような、申し訳ないような気がするね。
文　お国のために、頑張ってまいります。
芳朗　(数歩歩き、立ち止まる) なぁ、哲治。死に急ぐなよ。
文　えっ？
芳朗　この戦に勝ち目はないよ。
文　校長先生、そんなこと憲兵に聞かれたら、銃殺ものですよ。
芳朗　気にするな。今はおまえしかいない。富山丸事件で思い知らされただろう。戦争なんてものは、一瞬にして、人の命も物も大量に消耗しなければならないんだ。これから先、ああいうことが、何百回も繰り返されなければならない。果たして、日本の国力でもちこたえられる思うかね。
文　はぁ、いいえ。
芳朗　誰が何と言おうと、この戦、精神力だけで勝てる戦ではない。哲治、死に急ぐなよ。この戦、長くは続かないよ。

文　・・・・・

二、三歩、先を行く芳朗の息づかいが荒い。

文　校長先生、御真影は私が持ちます。

芳朗　良い。これは校長の仕事だ。

文　そうですか。校長先生もお体だけは大切にしてください。

芳朗　わかっている。

文　七百人の児童を預かる校長だけでなく、報国隊長を兼務しておられるわけだから、心労いかばかりかと。

芳朗　しかし、私はまだ生きている。病弱とは言え、まだ確かに生きているんだよ。生きているから、やらねばならないことが山のように目の前にぶら下がっている。

文　そうですね。

芳朗　哲治、もう私の腹は決まっている。

文　・・・・
芳朗　自殺行為は絶対にしないよ。捕まって命ごいをするつもりはないが、死ぬ前に敵さんと握手を交わし仲良くしてみたいものだと思っている。
文　・・・・
芳朗　哲治。我々が推し進めている皇民教育はどうも合点がいかないね。
文　校長先生、声が高すぎます。
芳朗　かまうもんか。忠孝、報国なんていう発想は全くなっていない。国民一人ひとりの命など、虫けら以下の消耗品だとしか見なしていない。
文　・・・・
芳朗　これから人生の花を開かせようという十七、八の若者を特攻隊に仕込み、平気で死地に送りだす。哲治、恥だよ。我々のやっていることは、人類に対する冒涜だよ。
文　校長先生・・・
芳朗　黙ってもう少し、私の話を聞け。
文　はい。
芳朗　人間この世に生まれてきたからには、自由奔放に生活し、少しでも長生きしたいと願う。その願望を少しでも満たすように、国家権力を機能させるのが、国を治める者の重大な責務じゃないか。

文　そのとおりだと思います。

芳朗　東条以下軍閥どもを一日でも早く地球上から一掃した方が人類のためになると、私は思っているよ。

飛行場の方角から炸裂音が響いてくる。

芳朗　哲治、いつ出発だ。くれぐれも死に急ぐな。わかったか。

場面変わって、四隅に丸太の柱を地面に埋め込んだ古代住居そっくりの砂糖小屋。中央に長方形の窯。三畳の畳。箱様の台で芳朗が何やら書いている。

芳朗　いよいよ皇土決戦の第一線地区として極度の緊迫した状況下に突入した。戦局の新たな展開に備えるべく勤労教学一体の教育体制をさらに強化し、皇国の緊急要請に応え挺身奉公完勝教育の一途に帰す。

喜栄子　校長日誌ですか。勇ましいこと。
芳朗　ああ。
喜栄子　「空襲により神の嶺国民学校全焼す」っていうのは？
芳朗　もちろん書いた。
喜栄子　連日敵機来襲。食糧増産作業不能は？
芳朗　ああ。
喜栄子　軍事教練、長期に渡って中止。
芳朗　書けないなぁ。
喜栄子　教科学習皆無。
芳朗　止めてくれ。これが学校かって君は言いたいのだろう。わかっている。
喜栄子　何もあなたを責めているのではありません。
芳朗　しかし、君の口ぶりは何もできない私を責めている。
喜栄子　そんなことはありません。
芳朗　「一日も早い戦争の終結を願う」とでも書けば、君は満足するのかね。
喜栄子　そんなこと言っていません。
芳朗　すまん。いらだって申し訳ない。私に書けるのは事実のみだ。せめてそれだけは正確に記録しておきたいと思う。

喜栄子　事実から何を読み解くかは、後の人にまかせましょう。

芳朗　一月二十二日、空襲警報発令。小型軍用船沖永良部に航行中、敵機の爆撃を受け炎上。夕刻徳之島周辺航行中小型船艇多く撃沈される。神の嶺、井之川集落機銃掃射受く。亀徳集落、半数焼失。午前七時、敵機襲来。浅間飛行場爆撃。浅間飛行場沿岸集落、各所猛爆。島内焦土と化す。（読み上げる）

芳朗　これが、たった一日で、私が見聞きしたものだ。

喜栄子　本土の人にはどのくらい伝わっているのでしょう。

芳朗　おそらく何も。大本営発表は相変わらず勇ましい。

喜栄子　ここは目をこらせば戦火が見えそうな所ですものね。

芳朗　沖縄では今、まさに戦闘が続いている。今、この瞬間に何十、何百という命が失われているんだよ。

喜栄子　砂糖小屋でも、寝泊まりできる場所があるだけありがたいということですね。

芳朗　ありがたいのかありがたくないのかさえ私にはもうわからなくなってしまった。

喜栄子　・・・・・

芳朗　「皇国の緊急要請に応え挺身奉公完勝教育の一途に帰す」か。笑えるね。

左手より背負い籠を背負った芳朗の母親がやって来る。

うし　きょうろ、きょうろ（ごめんください）。芳朗、芳朗。芳朗はいないかね。芳朗はここに居ると聞いてきたんだがね。

喜栄子　あっ、えっ。おかあさん。

芳朗　かあさん？

喜栄子　あなた、あなた。おかあさんですよ。

芳朗　何で、また？

うし　いや、何。特に用事があってのことじゃないけどね。食べる物をちょっとだけ持って来た。

喜栄子　面縄からですか。歩いて？

うし　ああそうだよ。

喜栄子　面縄からここまでは十五キロもあるんですよ。

芳朗　恐ろしいことをする人だね。

喜栄子　この頃は、一日じゅう爆音がしていますよ。よくまぁ、機銃掃射にも逢わずに。
うし　いや、何回か来たよ。
芳朗　うっ。
うし　敵さんの飛行機が見えたら草の中に隠れるから見つかりはしないよ。敵さんもこんなばあさん一人殺しても何の手柄にもならんだろうし。
喜栄子　そんなことありませんよ。私もこの前、水汲みの途中ねらわれたんですよ。伏せった頭の先、五、六メートル先にずぶずぶずぶっと。生きているのが不思議です。
うし　沖縄がやられているそうじゃないか。ここも敵さんが上陸したらおしまいだからね。
喜栄子　だから、会いに？
うし　いやいやそんなことじゃないよ。芳朗に少しでも滋養のあるものを食べさせようと思ってね。
喜栄子　すみません。ここでは芋がやっとです。蘇鉄粥だけの日もあります。爆撃が多くて外に出られないものですから。
うし　なんもなんも。喜栄子さんのせいじゃありませんよ。芳朗は体が弱いもんで、

栄養が不足するとすぐ病気になるからね。（背負い籠の中から一つひとつ取り出す）

うし　芋、芋蔓も食べられる。里芋だ。冬瓜、南瓜、瓜もあるよ。日持ちするからね。

喜栄子　重かったでしょうに。

うし　これは黒砂糖。芳朗の薬がわりだ。少ないけど卵。爆撃の音のせいかね。鶏も卵を産まなくなった。

芳朗　学校でももう飼育動物は何もいませんよ。

うし　そうだろうね。あいつらは食べるからね。うちはもう山羊と鶏だけだ。山羊はそこらあたりに放しておけば、かってに草をかんで、子を産むから助かるよ。乳も少しは出るし。

芳朗　そうですね。

うし　これは塩づけの豚肉だ。今まで大事に飼っていたが、この後どうなるかわからないから、つぶした。

芳朗　つぶした。

うし　正月でもないのによ。しかたないんだ。

芳朗　死んでからでは遅いからね。

うし　喜栄子さん。
芳朗　はい。
うし　しっかり塩づけしてあるから、日持ちするよ。瓶に入れて、少しずつ出して塩抜きして食べたらいい。
喜栄子　ありがとうございます。
うし　味噌もわずかだけど持って来たから、豚味噌でも作ったらどうだい。
喜栄子　さっそく作ります。ありがとうございます。ありがとうございます。

夕暮れ。西の空に真っ赤な陽が落ちる。砂糖小屋の中。

うし　喜栄子さん、島料理が上手になったね。
喜栄子　とんでもありません。豚と島ニンニクを炒めて味噌を混ぜただけです。
芳朗　いや、なかなかのもんだよ。
喜栄子　おかあさんが持ってこられた豚のおかげですよ。
芳朗　肉を食べたのはいつかなぁ。三月ぐらい前か。
喜栄子　そうですね。空襲で焼けた山羊。

芳朗　あれもいろいろ言われました。かってに食べたとか何とか。
うし　喜栄子さん、お里の方も心配でしょう。ご両親は、ご無事ですか。
喜栄子　あちらのことは全くわかりません。三月に東京も空襲があったそうですけど。
うし　東京は遠いですからね。
喜栄子　いえ、いいんです。あちらのことは。
うし　すまないね。
喜栄子　おかあさんも、どうぞ一杯召し上がれ。
うし　そうか、今夜はちっとだけいただこうかね。
芳朗　この焼酎は、とうさんが造っているの。
うし　そんなわけないだろうが。あの人は相変わらず役場の仕事ばっかりで、家のことはなぁんもせん。これは、うちが造った。
喜栄子　あら、芳朗さんと同じですね。いつでも人様のことが一番。家のことは後まわし。
芳朗　しかし、うまい焼酎だ。
うし　そうだね。おまえもあんまり人様のことばかりしてないで、ちっとは自分のことも気にかけなさい。

芳朗　報国隊長ですからね。そうもいかないのですよ。
うし　そんなもんかね。うちには命を切り売りしているように見えるがね。
芳朗　すみません。
うし　おまえがあやまることはない。純一は十八年に北支で早々と戦死。哲史も戦死公報が届いた。
芳朗　聞いています。
うし　なさけないよ。お国に二人も子をとられてしまった。赤土の畑にしがみついて、家族は食べる物も食べないで学校出したのに。何もしないうちに死んでしまった。
芳朗　純一も哲史もいい青年だったのに。この時代、頑健な体があだになる。
うし　もう子を失いたくないよ。一人も失いたくない。

三人、黙って焼酎を飲み交わす。

芳朗　歌でも歌いましょうか。
喜栄子　大丈夫ですか。

芳朗　敵さん、飛行場の上でがんがんやっているよ。誰にも聞こえはしないよ。

　芳朗、蛇皮線をつま弾く

　♪　男命を　みすじの糸に
　かけて三七（さんしち）二十一（さいのめ）くずれ
　浮き世かるたの　浮き世かるたの
　浮き沈み

うし　あれ、島唄かと思えば、やくざ歌かい。
芳朗　やくざ歌でも歌わないと、ここのところの（胸のあたりをこぶしで叩く）ごりごりが収まらないんですよ。

　♪　どうせ一度は　あの世とやらへ
　落ちて流れて　行く身じゃないか

鳴くな夜明けの　鳴くな夜明けの
渡り鳥

喜栄子　最近はもうこの歌ばっかりですよ。
うし　島唄もできるのになあ。
芳朗　島唄は悲しすぎて歌う気になれんのです。
喜栄子　音が止みましたね。
芳朗　浅間の飛行場はこれで完全に破壊されつくされた。船もみんなやられた。この島は今はまる裸だ。沖縄の次は与論、沖永良部。そして、徳之島だ。
喜栄子　上陸してきたら私たちどうなるのでしょう。
うし　こんな小さな島じゃけ、逃げる所はないね。内地から兵隊さんが五千人も来ておられるが、あの人たちは私等を守ってくれはせんよ。

芳朗、しずかに蛇皮線を置く

芳朗　かあさん、喜栄さん。ちょっと話しておきたいことがあるんだ。僕は最近、夢見がよくない。夢だからあまり深刻に受け取ってもらっては困るが、実に生々しい夢なんだな。

芳朗、遠くの潮騒を聞くようにじっと遠くを見つめる。

芳朗　僕は八之嶺から海岸一帯を遠望しているんだ。すると、沖の方に小粒の点が見えて来る。小粒の点は、不気味な灰色の上陸用船艇の正体をあらわにしながら、太平洋を埋め尽くしている。敵の先頭隊は、自動小銃を構えながら、僕が立っている八之嶺まで進撃してきている。ああ、これが僕の人生の終末をつげる場面かと思わずにいられなかったよ。そしたら、そこに学校の男先生、女先生がぞろぞろ現れて来たんだよ。もう、後へも先へも逃げ場はない。僕はとっさに決断した。そして、夢の中で先生たちに言うんだよ。「僕は、これから白旗をかざして敵前に出て行く。一斉射撃を浴びて撃ち殺されなかった場合は、向こうさんにこちらの事情を話して合図するから、みんなも僕の真似をして出て来てくれ。銃声が起こったら殺されたことを意味するから、直ちに逃げてくれ」とね。

うし　それを他の人にも話したのかい。
芳朗　いや、まだだ。でも、いずれ話すつもりだ。
うし　そうか。覚悟はできているんだね。なら、うちもそうするよ。手拭い振って出て行く。
喜栄子　おかあさん。
うし　喜栄子さん、あんたもそうしなさい。命ど宝よ。何が捕虜の憂き目に会わずだよ。何で死が名誉なものか。命ど宝よ。

ナレーション　昭和二十年八月十五日　敗戦

敗戦

心裂け　肺腑煮えて
ただ霹靂の涙啜るのみ
儼たる祖国のこの大事実
まさしくわれら敗れたり

聖戦と称へて恥づるなく
業火土を焦き俗を燼にし
なほ死生を超えて山河あるを念へるに
かなし　われら及ばざりき

栄辱かけて一億一途
殺戮の業遂に極まれる日
皇紀二千六百五年八月十四日
われら唏く　偉いなる過誤の果てに

ああポツダム宣言受諾
国史の流底にすでに闇きピリオッド記し
故山声もなく晴れたり
よよとわれら喞き欷かんのみ――

四幕

畜生！
俺達は蘇鉄実を
喰べるんだい！

時　千九百四十九年（昭和二十四年）
所　奄美大島
人　亀田　さち（洋裁学院経営）
浜　たか子（教員）
永山　百合子（市庁勤務）
則　富子（教員）
泉　喜栄子
泉　芳朗
豊（視学官）
恵（視学官）
芝刈りの兄弟
野良帰りの夫婦
寿（校長）
高（代用教員）
守かな（自由社、編集委員）

ナレーション　千九百四十六年、二月二日。連合軍最高司令部は北緯三十度以南の南西諸島及びその近海を占領し、軍政府を設立する。これにより奄美大島は本土との往来が禁止され、アメリカ合衆国の信託統治下におかれることになる。

これがいわゆる二・二宣言と言われるものである。

もんぺをはき、風呂敷包みを手にした則が、泉の家の玄関にそっと立っている。意を決したように、玄関の引き戸をそっと開ける。

則　ごめんください。泉先生はご在宅ですか。
喜栄子　はい。どちらさま。
則　こんにちは。いえ、こんばんわですね。則と言います。泉先生に、文学講座でお世話になっております。
浜　あら、則さんじゃないの。
則　まぁっ、浜先生。
喜栄子　お知り合い？
浜　そう。こちら名瀬小学校の先生。

喜栄子　まぁまぁ、そうでしたか。あいにく、泉はまだ帰っておりませんが、よかったらお上がりになりませんか。

則　よろしいですか。

浜　いいのよ。私も毎晩こちらにおじゃましているの。

喜栄子　他にもお客様がいらしているけど、いいでしょ。気になさらないでね。

浜　あなたもご存じの方よ。洋裁学院の亀田さんと支庁に勤務されている永山さん。

則　さち洋裁学院の亀田さん？永山さんはよく存じております。

浜　みんなで愚痴を言い合っていたの。

則　愚痴？

喜栄子　さぁさぁ、玄関口では何ですから、入っていらっしゃい。

則　では、お言葉に甘えます。

意を決したように中に入る。丸い座卓の前にして、亀田と永山が座っている。

則　初めてお目にかかります。名瀬小学校に勤めております則です。

永山　私、支庁に勤めている永山百合子。お若い方ね。まだ青年団？

則　はい、四谷青年団です。

永山　青年団はがんばっているみたいだけど、今日は泉先生にそのことで相談があったのかしら。

則　いいえ、あの、そのことじゃなくて、個人的なことなので、何だか申し訳なくて。

浜　個人的なことね。当ててあげようか。神戸の人のことでしょう。

亀田　神戸の人？

浜口　そう、富子さんの婚約者。もう何年にもなるわね。

則　はい。二・二宣言の前からですから。

浜　富子さんには、戦争中から両家公認の婚約者がいたらしいのよ。戦況が変わって少し落ち着いたら結婚しようという約束だったんですって。それで、戦争も終わったことだし、区切りのいいところで、三月の終業式を終えて、神戸に向かう予定だったの。ところがこんな状況でしょう。

亀田　昭和二十一年、二月二日のＧＨＱ指令に基づく「本土と奄美群島の政治行政上の分離宣言」以来ってことね。長いわね。

喜栄子　「米国軍は南西諸島及び其の近海を占領する」という二・二宣言が出て、本土との行き来ができなくなってしまいましたからね。

浜　そういうこと。
喜栄子　その後、一度もお会いしてないわけね。
則　はい。
喜栄子　もちろん、お手紙もなし。
則　ええ。
喜栄子　つらいわね。
則　それで、視学の泉先生ならこれから先のことが少しはお分かりになるのではないかと思って、お訪ねしたのですが・・・。
浜　富子さん、それは無理。いくら泉先生でもそのことだけはだめ。国家の問題だからどうしようもないみたい。
亀田　私たちも今、そのことを話していたんですよ。
則　そうですか。
亀田　実は、息子が帰還しているらしいの。でも北緯三十度以北の日本本土と以南の琉球の島々との間は海上封鎖されているでしょう。
浜　戦場からやっとの思いで日本に帰ってきたというのに、家族の待つ我が家に何年も帰って来れないんだよ。

則　それで、今どちらに。
亀田　風の便りに聞いたのだけど、鹿児島の坊津に、帰還途中の復員兵士が集まっているらしいの。
浜　復員兵だけでなくて、女子挺身隊だとか、戦時中に疎開した人だとか五万人ぐらいの人が島に帰れずに足止め食らっているらしいのよ。
永山　故郷に帰れずに九州本土や関西地区で路頭に迷っているの。
則　この先いったいどうなるのでしょう。
亀田　戦死公報の次に来たのは、海上封鎖に伴う肉親との生き別れ。何てことでしょう。
浜　ほんとにね。私もこんなふうにへらへらしているけど、ほんとうは心配なこともあるのよ。
亀田　息子さんのことでしょう。
浜　そう。
亀田　りっぱな息子さんなんでしょ。
浜　りっぱ過ぎる息子かも知れない。
喜栄子　貸本屋を始めたとか。

浜　　　実費だけの安い貸本屋よ。友だちといっしょに、自分たちが持っている本を持ちよって、読みたい人に貸し出すことにしたらしいの。今、奄美では本らしい本なんて全く手に入らないでしょう。みんな、本に飢えているらしくて、どんどん借りていくらしいの。

亀田　　すばらしい活動よね。

喜栄子　戦時中は本は火種、辞書は巻煙草の紙に化けたんですもの。よく残っていたわね。

浜　　　息子はね、我々、若いものにまず必要なのは、『心の糧』だ。それはみなさんに読書をしてもらうことだって息巻いているのよ。

喜栄子　いいわね。

浜　　　その他にも、いろいろやっているみたい。

則　　　例えば。

浜　　　文化講座の開催とかレコード・コンサートとか。いろいろな講演会も企画してやっているみたいよ。あなたも是非。

則　　　はい、必ず。

浜　　　「文化奄美の建設こそが、奄美を生かす道」なんて言っているけど、課題も多くて。何よりも本人に力が足りません。

亀田　とても優秀な息子さんだと聞いています。ほんとうは、奄美での活動の前にご自分の学問もしたいでしょうにね。

浜　本土の大学で法律を学びたいらしいの。でもいくら優秀な成績で学校を卒業しても、その先に進むことができないんじゃどうしようもないでしょう。

永山　二・二宣言の前でしたら、本土で学ぶことも可能だったのに。今となっては、この島から一歩も出られませんから。

喜栄子　そういう方が大勢おられるみたいね。

亀田　私たちが何か悪いことした？どうして海の上に線を引くの？これってぜったいおかしい。

浜　本土のために私たちは犠牲になったということ。つまり、北海道、本州、四国、九州を日本の領域として守るために、私たちはアメリカへの人身御供にされたわけよ。

永山　海上封鎖。海という檻の中に私たちは捕らわれているってことね。どこにも行けないの。どんなに苦しくてもここから逃げ出せないの。本土にいる恋人にも肉親にも会えないの。勉強したくてもできないの。この小さな島の中で

浜　米軍におどされながら、びくびくして生きていくしかないの。息子がね、密航船が届ける古新聞を読みあさっている姿を見るとつらいの。ほんとうは誰よりも文化に飢えているのは息子の方だと思います。

喜栄子　思う存分、学ばせてあげたいのに。

亀田　上の学校にはいけない。この子たちの行き場は何処になるのでしょう。優秀な人材がみすみす朽ちていく。心配です。奄美はこの先どうなるのでしょう。

所変わって、視学官の芳朗、二人の部下といっしょに、川底のようなでこぼこ道を難儀しながら歩いている。体が埋もれるほどの茅を背負った子ども二人に出合う。

芳朗　こんにちは。茅刈りですか。

兄　はい。家が雨漏りしているので、茅をとって来ました。

芳朗　そうですか。こちらの方も今度の台風はひどかったみたいですね。

兄　はい、ひどかったです。うちも飛ばされました。

豊　飛ばされたの？全部？

兄　はい。全部。
弟　なぁんにもなくなったよ。風がみんなどこかに持って行った。
豊　そうか、たいへんだったね。
恵　隣りの村では樹齢四百年の木が倒れていたよ。
兄　じゃ、うちのような掘っ立て小屋が飛ばされるのは当たり前なんですね。
芳朗　いやいや、そういうものでもないでしょう。台風の度に根こそぎもっていかれたら、たまったものじゃありません。
兄　そうですよね。
豊　今日は二人だけですか。
弟　そうだよ。かぁちゃんは家だよ。病気だから。
恵　そうか。たいへんだな。
弟　とうちゃんは死んだ。海で魚獲りに行って、ダイナマイトで。
兄　よけいなこと言うな。
芳朗　いいんだよ。私たちは警察でもないし軍政府の者でもないから、心配はいらんよ。
兄　すみません。弟はあんまりわかってないみたいで。

芳朗　ダイナマイトを使って魚を獲っていたわけだ。それが何か手違いでおとうさんは命を落とされた。そういうわけなんだね。
兄　そうです。戦争中の火薬が残っていたので。
弟　ダイナマイトは、危ないからもう使ったらいけないんだよ。だからこれ。（手に持った草を見せる）これで、魚をふらふらにさせて捕まえるの。
兄　潮溜まりにこの草を捏ねて入れると魚が酔ったようになるんですよ。ほんとうはこれも使ったらいけないのでしょう。
恵　たぶんそうでしょうね。
兄　でも、かぁちゃんは体が弱いから、栄養をとらせないといけないんです。
芳朗　ご兄弟は二人ですか？
兄　いいえ、家にまだ赤ん坊の妹がいます。
恵　そうか。たいへんだね。
芳朗　お荷物を背負ったまま、足止めして申し訳ありません。小学校はまだ先ですかね。
兄　先生たちですか。それで、何というか、さっぱりしておられると思いました。
芳朗　いえいえ、先生じゃないんですがね、まぁ、似たようなものです。

兄　小学校は、もう少し先です。
芳朗　ありがとうございます。
　年下の子ども、汚れた服のポケットから何やら取り出し、芳朗の前に差し出す。
弟　これ。
芳朗　うん。
弟　おも。
芳朗　おも？。
弟　ぬかにつけておいたら熟む。
兄　山になっているんですよ。まだ固くておいしくありませんが、しばらく糠の中に入れておいたら、柔らかくなります。と言っても、うちには糠もありませんけど。
芳朗　大事なものをありがとう。ありがたくいただくよ。

芳朗等三人、兄弟を見送る。

豊　おもですか。
恵　固いですね。ぐみとも違うし、小ぶりのきういって感じですね。
芳朗　大事なおやつだったんでしょう。
豊　あの子、何年生でしょう。
恵　五年生か四年生ぐらいでしょうかね。
芳朗　あなた方も、おやさしい心持ちの人ですね。二人の子どもに学年を尋ねたりなさらなかった。
豊　今日は、平日。学校のある日です。そんな日に兄弟二人で茅を刈りに行っている子どもにどうして、学校のことが聞けますか。
芳朗　その通りです。私も聞けませんでした。視学としては、失格でしょう。子どもたちに、学びの場を整えてやるのが私の仕事のはずですから。
恵　生活ができなければ、学校なんて意味がありませんから。
芳朗　その通りです。あの兄弟の家も私たちが道々、見てきた家と同じようなものでしょう。

豊　二股の木を地面に直接打ち込んで、屋根と周りを茅で囲っただけの、古代住居とそっくりの掘っ立て小屋。これが、今奄美でできる最高の建築物です。

恵　山に木はあっても、カンナもなければのこぎりもない。大工道具が一切ない。くぎさえもない。これでどうやって家が造れますか。

豊　縄文時代か弥生時代さながらの掘っ立て小屋。これぞりっぱな奄美の家です。笑っちゃいます。

芳朗　あんまり自虐的なもの言いはよそう。たしかに、二・二宣言で海上封鎖をされて、この島には何一つ来なくなった。それでも人は生きていかないといけない。くぎがなければ、山で葛を採って来て使い、板がなければ茅で雨風をしのぐ。

恵　先日、こんな話も聞きましたよ。大熊沖で難破してほったらかされている船の船体を解体して、釘のようなものを作ったそうです。

豊　少なくても、戦争前は九尺二間の家は確保できていたはずなのに、今ではすっかり変わってしまった。

芳朗　名瀬の家は、ほとんどがこけら葺きですね。

恵　トタンどころか板さえも手に入らない。木の皮でも敷き詰めて雨風をしのぐほかないんですよ。

豊

恵　木の皮なら何となくわかるような気もするが、この前見たのは、ダンボールの壁でしたよ。ダンボール、アメリカの物資が入っていた箱です。それを利用しているんですね。

豊　こんなに雨の多い地域でどれだけもちこたえることができるんでしょうね。それでも、囲いのないよりはましってことでしょう。

恵　名瀬に比べて田舎の方はまだいいような気さえします。

大きな岩に背負い篭を降ろし、休んでいる夫婦がいる。

豊　こんにちは。

男　はい、こんにちは。

豊　一服ですか。

男　山畑に行って来たものですから、ちょっと一服つけております。

恵　大きい石ですね。(夫婦が腰掛けている石を指さす)

男　そうでしょう。この石、先の台風で流されてきたんですよ。

恵　台風で？

男　土砂崩れで、ここらへん一帯は、海のようでしたよ。
恵　その時に山から運ばれてきた石ですか？
女　ちょっと中に入ったら、見られたものじゃありませんよ。畑はじゃりに埋もれていますし、植えた作物なんて影も形もありません。
芳朗　それで、蘇鉄なんですね。（泉、背負い篭をのぞき込む）
女　ありがたいと言うか、何と言うか。畑の周りには昔から蘇鉄が植えてありますからね。今日はそれを起こしてきました。何も口にできるものがない時は助かります。
豊　手間がかかりますね。
男　かかりますよ。この蘇鉄の黒い皮を削り落として、小さく輪切りにして、天日に干して、干したものを水に漬けて水洗いします。
女　その後はまた天日に干して、乾燥したら筵に包んで醗酵させて、それを水洗いして、臼でついて粉にするか、水を加えて澱粉を造るかしてお粥に入れるんですけどね。
男　それがまずいのまずくないのって、話になりません。
女　まだ米粒がある時はいいんですけど、米粒が一粒も入れられない日もあるん

男　ですよ。ドゥガキというんですけど、砂を咬むよりましという程度ですかね。
女　山畑ですけど、いろいろ植えてはおいたんですけどね。
芋、かぼちゃ、ヘチマ、にがうり、じ豆、里芋、こしゃ芋・・・その他にもいろいろですね。でも、今度の台風でみんなやられてしまいました。
男　食べられる物と言ったら、後は芭蕉の芯、ツワブキ、くわいぐらいですかね。
海に行けば、いぎすやあおさがいくらか採れますがね、これもみんな競争のように採っておりますから、なかなかです。
女　もう少し涼しくなると、椎の実が落ちます。みんな首を長くして待っているんですよ。
恵　椎の実はいいですね。粥に入れてもいいし、から煎りしてもいいし、うちでも今か今かと待っていますよ。
女　もうすぐ山は祭りのような人だかりになりますよ。
芳朗　軍政府からの食品の提供はありませんか。
男　ないわけじゃないんです。しかし、わずかです。
芳朗　どんな物ですか。
男　ポーク、コンビーフ、とうもろこし、メリケン粉・・・そんなところです。私

女　たちにとっては、これはこれでありがたいことなんですけど、いかんせん量がわずかなんです。

男　口を汚して、かえっておなかが空くような気さえします。こういうおいしい物を贅沢に食べている人間が同じ島にいるんですからね。

豊　アスパラガスというんですか。この前の配給の時におもしろいことがあったのですよ。かんづめのアスパラガス、ああいうもの私等、一度も見たことがなくて、気味が悪いような気がして誰も手が出せんのです。これはたけのこがくさったものだから、犬にでもくれてやろうかということになり、ほおり投げてやったら、犬がおいしそうに食べるじゃないですか。これは、くさった物じゃないぞということで、あとは奪い合いです。

女　みんな食べる物には苦労していますね。うちも三度に一度は蘇鉄粥ですよ。

豊　そうですか。みなさんそうですよね。

恵　聞いたところでは、三食蘇鉄粥という家庭もあるようですよ。腹はふくれても体に必要な栄養が殆どないので、栄養失調になる人がたくさん出ているんです。

女　あら、そちらさんはみなさん、役所の方ですか。

芳朗　役所の者です。とは言っても、食べ物の方ではなくて、学校関係です。
女　学校?先生ですか？
芳朗　視学と言って、学校に関係あることを調べています。
女　じゃ、さっきここを通っていった、兄弟に逢いませんでしたか。
恵　茅を背負った？
女　そう、その兄弟。
恵　先生、あの子たちを責めないでやってくださいよ。
豊　何か、気になることがあるんですね。
女　えええ。うちら字も読めない無学の者ですけどね、これからの世の中、学校が大事だということは、わかります。
豊　そうですね。
女　でも世の中にはね、わかっていてもできないこともあるんです。それどころかできないことばかりですよ。
男　あの子たちのおっかさん、産後の肥立ちが悪くて寝たり起きたりなんですよ。私が思うに滋養のある物を体に入れたら、少しは良くなると思うんですがね。
女　まともに寝泊まりする所もなければ、口にする物もない。あの子たちは、父

芳朗　親のかわりになって、必死に家を支えているんですわ。学校に行けない子をどうしたらいいか考えるのが私どもの仕事なんですけどね。

女　あの子たちは、やさしくて働き者でほんとうに感心な子どもたちです。頭もいいはずです。先生様、何とかしてやってくださいまし。

三人、静かに頭を下げて別れる。

芳朗　知れば知るほど、聞けば聞くほどつらい話ばかりですね。

豊　この島に蘇鉄が自生していてほんとうによかった。

恵　それと、海の幸ですね。

芳朗　そうですね。この二つがなければ、今頃餓死者がぞろぞろ出ているはずです。

豊　ガリオア資金も焼け石に水ですね。

恵　いったい軍政府は、奄美のことをどう思っているのでしょう。どうするつもりなんでしょう。

芳朗　わかりません。私にも全くわかりません。

豊　もうすぐ冬がきますよ。新北風（みいにし）が吹けば、いくら南の島とは言え、寒くなります。
恵　あんな家でどうやって寒さをしのぐのでしょう。
豊　まともな布団もない。何でもある物を重ねて着て、寒さを防ぐのでしょうね。
恵　私の知り合いの家ではかますさえ防寒着にしていましたよ。
豊　子どもが生まれてもおむつにする物がないどころか、臍を押さえる帯さえない。そんな話も聞きます。
芳朗　つらい話ですね。
豊　軍政府がＨＢＴをいくらか払い下げてはいるようですが、少なすぎます。
恵　それに丈夫なことは丈夫だが、いかんせん生地が固い。
豊　アメリカの物だからサイズがとほうもなく大きい。
恵　島の人はとりわけ小柄だから、二人ぐらい入りそうなだぶだぶの服を着ていますよ。
豊　仕立て直そうにも針もなければ糸もない。
恵　配給のメリケン粉の入っていた麻袋が奪い合いになっているというじゃないですか。

豊　頭を通す穴をあけたら着られますからね。
恵　まさに原始人だ。
豊　この前、密航船で帰ってきたという若者に会ったんですがね、やまとでは着々と復興が進んでいるみたいですよ。
芳朗　そうですか。
豊　闇市というのがあって、金さえ出せば、物は溢れているそうです。それより何より、活気が違うと言っておりました。
芳朗　戦争が終わって、みな新しい時代に向かって乗り出しているのでしょう。
恵　しかし、ここ奄美は相変わらずです。戦時中なら戦時中で物がないのもあきらめもつきますが、戦争が終わってなお、このざまですからね。
芳朗　ここは、見捨てられた島です。

三人、やや急ぎ足に歩を進める。

豊　ここですね。
恵　こんにちは。

寿　遠いところ、お疲れ様です。校長の寿です。台風の後で道が悪かったでしょう。

豊　はい、川底を歩いているようでした。ここら辺りもひどかったようですね。

寿　集落の人達も我が家のことで精一杯で、なかなか道普請まで手が回っておりません。そのうち子どもたちを動員して、通学路のあたりだけでも石を取り除こうと思っております。

芳朗　ここも赤土ですね。

寿　そうです。そうです。赤土は雨が降るとずるずるすべって子どもたちもたいへんです。

　三人、倒れた木材に腰を降ろす。

恵　ここもやられましたね。

寿　はい、みごとにやられました。今は青空教室です。

恵　このそうめん箱が机のかわりですか。

　そうです、そうです。この焼けたトタンが黒板ですね。チョークは、図工用の石膏像の割れた物を使っていたんですが、それも底をついたので、漆喰のかけらを集めてきて使ったり、たまにはこうもり傘の柄の中の石膏を使ったりしてしのいでいます。

恵　チョークなしで授業をするというのもなかなか難しいものですよね。

寿　そうです。私等もたいへんですが、子どもたちはもっとたいへんです。ノートも鉛筆もありませんから。

豊　じゃ、地面に書いて・・・。

寿　地面に木の枝で書いたり、中にはセイロンべんけい草の葉に蘇鉄の針で字を書いている子もおります。

盆にお茶を載せ、女性教師が登場する。

高　教科書がないのが一番困ります。お茶をどうぞ。

芳朗　ありがとうございます。

寿　低学年を受け持っている代用教員の高先生です。

高　高です。よろしくお願いします。

芳朗　こちらこそ、お世話をかけています。

高　　視学の先生方、お願いします。教科書がないと何をどう教えたらいいいか、私、わかりません。

寿　　高先生は、つい最近までは名瀬の洋裁学校に行かれていた方なんですよ。学校で教えた経験も全くなくて。

芳朗　軍政府の方針で、鹿児島に籍のある方は一人残らず本土に戻していますからね。現在島にいるのは、純粋に島出身者だけです。役所関係も学校関係も急に島の中で人材を確保しなければいけないことになってしまって申し訳ない。

恵　　ほとんどの学校が代用教員を採用しておりますし、師範学校を出た教員が一人もいない学校もあります。

高　　そうなんですね。わかりました。私なりに何とか頑張ってみます。でも、先生、やっぱり教科書は欲しいです。よろしくお願いします。

豊　　そうですよね。申し訳ありません。

芳朗　先生方にはご迷惑をおかけします。何とかこの苦境を乗り越えてくださるようお願いするしかありません。

芳朗等三人、深々と頭を下げる。

寿　別件ですが、気になる児童がおります。よろしいでしょうか。
豊　どうぞ。メモをとらせてもらいます。
寿　名前は長道子。五年生です。たいへん優秀な子で家の都合で休みも多いのですが、成績は常にトップです。知的な理解力だけでなく、音楽、美術方面にも際だったものがあります。それがここ一ヶ月、学校に全く顔を見せません。
恵　何か家庭にあったんですかね。
寿　はい。母親が亡くなりました。
豊　亡くなった?
寿　はい、山でハブに咬まれました。発見が遅くて見つかった時はもう虫の息で助からなかったそうです。
豊　子どもさんは?
寿　道子の下に三人。
豊　三人。多いな。
寿　はい。私たちも母親が亡くなった後、しばらく登校しないのは、下の子どもたちに手がかかるからだろうと思って、あまり気にもしていなかったのです

恵　が、どうも違ったようなんです。
寿　違ったとは？
恵　はい。あの沖縄に行ったといううわさです。
寿　沖縄。
豊　はい。
寿　小学五年生の女の子が沖縄に行く。いや、行かされた・・・か。
豊　海上封鎖されているからやまとには行けないけど、沖縄には行けますからね。沖縄はここは違ってアメリカの兵隊さんが押し寄せて、景気もなかなかのもんだと言いますから。
高　先生。五年生の道子ちゃんに沖縄で何ができるというんですか。道子ちゃんは売られたんですよ。口減らしです。そして、一、二年もたてば春をひさぐようになると。
寿　やめなさい。
高　だって集落の人はみんなそう言っています。
寿　運命なんだよ。運命。
高　そんな・・・。島に生まれた運命ですか。貧しいということが運命なんですか。

恵　親が亡くなったことが運命なんですか。あんな優秀な子がみすみす落ちていくのを私たちは指をくわえて見ているしかできないんですか。

豊　みんなそうやってあきらめていく。生きるために何もかも受け入れてあきらめていく。

芳朗　島はあきらめることに慣らされてきました。何百年も。

でも、悲しすぎます。

芳朗等、三人家路を急ぐ。

芳朗　（水平線のかなたに目をやる）私はね、この仕事に区切りがついたら、視学官を止めようと思う。

恵　そうですか。何となくそんな気がしていました。

芳朗　この仕事は私にはどうも向いていないようだ。

豊　人々は疲弊しきっているのに、我々役人は軍政府の方針から一歩も踏み出せない。そう思っておられるのでしょう。

芳朗　そうだな。

豊　それは私も同じです。
芳朗　しかし、君たちは若い。若さでこの島の苦境を改善していくパワーがある。
恵　いっしょに続けてください。私たちは泉先生の後から付いて行きます。
豊　私たちも泉先生といっしょだから、何とかもちこたえていられるんです。
芳朗　申し訳ない。心が悲鳴をあげているんだよ。これ以上島の悲しい姿を見聞きすると、私の心がパンクしそうなんだよ。すまないね。

高千穂神社の近くにある芳朗の家
雑誌「自由」の編集者、守かなと向き合っている。

芳朗　はい、これが今度の「自由」の原稿。
守　あら、先生、今回はめずらしく締め切り前ですね。
芳朗　何を言っているんだ。君は。原稿を受け取りに来たのではないのか。
守　いえいえ、一応原稿の催促と言うか、受け取りと言うか。
芳朗　早くて悪かったね。
守　いえいえ、そんな。今日も一応覚悟をして来たんです。

芳朗　覚悟？
守　「そんなに早く原稿が書けるものか。出直して来い。もうおまえの顔も見たくない」って、言われるのかなぁって。
芳朗　うん、まぁそういう日もある。しかし、今回は腹の底からわき出てきた思いを言葉にしただけだ。何の飾りもない。読んでくれ。

慕　情

畜生！　俺達は蘇鉄実を喰べるんだい！

うすぐらい野茨のはざまの
小径に爛れた蘇鉄の実！
日暮れの肩に重む憂鬱な鍬

耳たぶの煤けた島の子たちよ
怖ろしい宿命の手に掻散らされた廃家の
憂患の扉をすっぱたいて出ろ

織屋の隅っこに蒼く凝った娘たち
君たちも物暗い紬の縞目を引きむしってしまへ
そしてみんな出ろ　出ろ！

この夕あかりの礫土にしがむ
叢蘇鉄の
どすあかい情熱の最期はどうだい！
時代の彼方　文明のどん底へ——
そこへ遠く捨てられた島の
むくれ淀んだ赭土の上に
影薄い　哀れな農民の足跡を刻んで
俺達の行く道はまだはるかに暮れてゐる

しかし俺達は知ってゐる
虚無の島に

おぞおぞと描かれた俺達の祖先の
静かな忍苦の生活史を
野茨を踏んで
颱風と激浪と生活に揉まれて
生きろ！　死ね！
俺達の祖先の残した唯一の遺訓はそれだ

蘇鉄を見ろ！　ソテツを
それを喰べて俺達は俺達は
勇敢に吼えるのだ　息吹くのだ
てくてくと歩め！

守口　今回は詩ですね。
芳朗　どうした？泣いているのか。
守口　はい、この中に私がいます。私につながる多くの人が見えます。
芳朗　編集者が泣いてどうする。冷静に、厳しく対峙すること、それが君の使命。自

守口　由社は、君の肩にかかっている。よろしくたのむ。

守口　はい。総合雑誌「自由」は、奄美の頭脳だと自負しています。これからも時事問題、ニュース解説、政治経済，教育問題など先生の心に引っかかってくるものを何でも自由にお書きください。

芳朗　ありがとう。そうさせてもらうよ。視学官も止めたし、当分ゆっくりさせてもらうつもりだ。

守口　ゆっくりですか。そうさせてもらえますかね。

五幕

五臓六腑の矢を放て

時　千九百五十一年（昭和二十六年）
所　奄美大島　名瀬市
人　シールス中佐
　　中江実孝（奄美群島知事）
　　軍政官
　　守　かな
　　泉　芳朗
　　泉　喜栄子
　　中山安次郎
　　楠木、村田
　　青年1、2、3、4、5、6、7
　　教員、バーロ、亀田
　　住民1、2、3、4

軍政府の部屋の中
軍政官シールス中佐を中心に泥酔した数人の軍政府の役人

シールス　ヘーイ、ミスター・ナカエ
中江　こんな夜中に何か緊急のご用でしょうか。
シールス　きんきゅうのごようだよ。カム、ヒヤー。

中江、入り口から一歩進み出る。

シールス　ノーノーノー、ストップ。ここまで這って来なさい。
中江　這って？
シールス　ワンワン、ワンワン。（犬の真似をする）
中江　私は奄美群島知事の中江実孝です。そんな真似はできません。
シールス　ほんとうにできませんか。
中江　できません。
シールス　いい度胸してますね。しなかったら、どうなるかわかっていますね。
中江　（無言）
シールス　奄美群島の全ての権利は私のこの手の中にあります。何でもできます。
中江　（歯をくいしばって立ちつくす）

軍政官　一番えらい、白人のアメリカ人。二番はそれ以外のアメリカ人、次はフィリッピン・チャイニーズ、その下がジャパニーズボーイ、さらにその下がオキナワンボーイ。

シールス　あなた、奄美群島知事、一番偉い。でも、オキナワンボーイね。一番、下。

中江　（ブルブル震える）

軍政官　これ、見てください。これは奄美群島政府の偉い人たちのサインです。たくさんあります。みんな、ワンワン・ワンワン鳴きました。

シールス　あなた、奄美群島がどうなってもいいですか。

中江、ゆっくり、膝を折る。そして、シールスに言われたまま、床を這いずり回る。

再び、芳朗の家　雑誌「自由」編集者の守と喜栄子の三人が茶を啜っている

守　ご存じですか？名瀬小学校の則先生の話。

喜栄子　神戸に許嫁の方がおられるっていうあの則先生ですか。
守　ええ、あの則先生です。
喜栄子　どうかなさいました？
守　(声をひそめて) 密航船に乗られたそうですよ。
喜栄子　そう。とうとう密航船に。いくつになられたのかしら？
守　三十二だそうです。
喜栄子　あの頃はまだ二十代半ばだったのに。
守　奄美大島が本土と切り離されてから、もう六年。六年ですよ。思い合った方と一緒になる日を待って待って、とうとう我慢の限界がきたのでしょう。
喜栄子　二十トンの改造漁船で、あの荒れ狂う七島灘を超えるなんて命がけね。
守　はい。文字どおり命がけです。明日にも一緒になれると思っていた人と六年も引き離されているんですよ。もう、誰にも止めることはできません。
芳朗　それで、軍政府には見つからずに乗れたんだな。
守　はい、そのように聞いております。
芳朗　そうか。今夜は新月だ。追っ手も迎えうつ本土の警察の目も多少はごまかせるだろう。

喜栄子　夏に金十丸で本土に密航した二人の小学校の先生方も、何とか無事に帰って来られたし・・・

芳朗　奄美の子どもたちの教育のためとは言え、お二人には大変なご苦労をかけた。危険を承知の行政ぐるみの密航だ。感謝してもしきれない。

守　船員に変装して、目に見えない海上の封鎖線を越えられたそうですね。

喜栄子　お金にもずいぶんご苦労されたみたい。

守　そうですよ。奄美にあるのは軍票のB円だけですもの。本土ではただの紙切れ。本土で換金するための布など用意はしていたそうだけど、それもなかなかうまくいかなかったそうですね。

芳朗　奄美の教育に対して大変な危機意識をもっておられたからやりとげることができたのでしょう。おかげで本土の新しい教育の様子がかなり掌握できました。

守　それまでは六・三・三制という教育制度がどのようなものか誰も知らされなかったんですものね。

喜栄子　学校で使う教科書を手に入れるのが命がけだなんで、どうかしてます。

芳朗　(ゆっくりうなずきながら蛇皮線を膝に引き寄せる)

守　送り歌ですか。
芳朗　そうだな。我々にできることは、彼女の行動を見て見ぬふりすること。そして、
　　無事を祈ることしかできん。

　泉、静かに蛇皮線をはじき、歌う

♪　行きゅんにゃ加那　　　　行ってしまいますか　愛しい人
　吾きゃこと忘れて　　　　私たちのことを忘れて
　行きゅんにゃ加那　　　　行ってしまいますか
　うっ立ちやうっ立ちゅか　旅立つには旅立ちますが
　行き苦しゃ　　　　　　　なんとも行くのが苦しい
　ハレ　行き苦しゃ

　あんまとじゅう　　　　　かあさんとうさん
　気の毒考えしょんな　　　悪く考えないでください
　あんまとじゅう　　　　　かあさんとうさん

米とて豆とて　　　　　米をつくって豆をつくって
みしょらしゅっと　　　召し上がってもらいますよ
ハレ　みしょらしゅっと

守　今頃、船はどこを走っているのでしょうね。
喜栄子　そうですね。静かな夜ですね。波も静かでしょう。
守　闇が何もかも隠してくれています。戦争もなければ海上封鎖もない。とうさんとかあさんがいて、畑を耕し、米をとったり芋をとったりして、貧しいけれどそれなりに満たされていた日が、すぐそこにあるような気がします。
芳朗　久しぶりだな。こんなに静かな夜は。
喜栄子　そうですね。軍政府下の夜とは思えませんね。
守　じゃ、私もそろそろ失礼しようかな。

守、腰をあげかける。そこへあわただしい靴音。
玄関の引き戸を開けて中山が入って来る。

中山　夜分に失礼する。泉君はおられるかな。
守　泉先生、残念ながら静かな夜は終わったみたいですよ。(意味ありげな笑み)
喜栄子　あら、中山さん。どうぞどうぞお入りください。
中山　先客ですか。
喜栄子　「自由」の守さんです。
守　「自由」の編集をしております、守です。
中山　おお、あなたが鬼の取り立てやですか。
喜栄子　中山さん、何てことをおっしゃるんです。
守　いえ、かまいません。私が鬼にならなければ泉先生の原稿はなかなかいただけませんから。
中山　相変わらず、泉君の原稿は遅いのか。
芳朗　おい、いい加減にせんか。私は言葉に魂を写し取っている。だから、そうそう簡単には形にならないんだよ。
中山　三十年前と少しも変わってないな。
守　あら、お二人はそんな長いお付き合いですか。
中山　そうだよ。千九百二十四年、元号で言えば大正十三年だな。泉君が赤木名小

喜栄子　学校の訓導の頃からの付き合いだよ。その頃奄美の古い因習の打破をめざして、数人で演説会をしたらしいの。

中山　その結果、撃沈。泉君はあっち、私はこっちとみんなばらばらにとばされました。今でも間違ったことをしたとは思わないが、時代が追いついてなかったんだな。

守　古いお付き合いなんですね。

芳朗　で、きょうは？

中山　（守をちらりと見る）

芳朗　守さんは大丈夫だよ。君もすっかり用心深くなって、共産党の幹部らしくなったな。

中山　四六時中、ＣＩＣにつけ回されていたら、用心深くもなりますよ。

芳朗　じゃ、ここに君が来たというのは、よほどのことなんだ。

中山　聞いただろう。中江知事の話。

芳朗　聞いた。犬のまねをさせられたことだろう。

中山　あのシールスというやつ、軍政府という虎の威を借りてやりたい放題。あの後、中江知事を海に突き落とす事件もあったそうじゃないか。

芳朗　そうらしいね。

中山　アメリカの信託統治に置かれているとは言え、中江知事は、かりにもこの奄美大島のトップだよ。それが犬の真似をさせられたんだよ。奄美の二十余万郡民に対する侮辱だよ。

芳朗　「言論、出版、信教」などに関する自由指令も廃止されたし、民間の情報員やCICに、島の人たちの言動も厳しくチェックさせているし、ますます自由にものが言えなくなるな。

中山　そうなんだよ。共産党員の大量逮捕や公職追放を公然とやってのけているよ。私の仲間も食糧価格の三倍値上げ反対の集会をしただけであげられた。疑わしきものまで反米思想という不可解な罪状で罰せられるという最悪の事態も起こった。

芳朗　朝鮮半島の雲行きがおかしいから、軍政府もピリピリしているみたいだね。

中山　泉君、これを見てくれ。

中山、一通の電報を拡げる。

芳朗　「時期よし、ここ署名運動開始せり、貴地の奮闘を待つ」。これは・・・。
中山　宮崎県の奄美連合青年団からのものだ。中江知事や新聞社などに送られてきたらしい。
芳朗　貴地の奮闘・・・か。
中山　泉君、今、立ち上がるべき時期だと思わないか。
芳朗　うん。
中山　日本復帰だよ。復帰協議会を立ち上げるんだよ。
芳朗　うん。
中山　その時は君に是非、復帰協議会議長になってもらいたい。
芳朗　何を言っている。私にそんな力はないよ。君がやったらいいじゃないか。
中山　私には無理だ。私には共産党員という赤いマークがべったりついている。
芳朗　共産党員だから間違った考えをしているということはない。
中山　泉君、三十年前のことを忘れたのかい。正しいことを言う人間が正しいと評価されるとはかぎらないということが身に染みたではないか。
芳朗　たしかにそうだな。
中山　君は「祖国復帰の実現を望む」って、若い教員仲間に檄をとばしているだろう。

芳朗　若い教員たちは草の根をかき分けるようにして活動しているよ。
中山　ありがたいことです。
芳朗　君から指導を受けた若い教師たちが、先生から声がかかればいつでも動ける態勢をとって手ぐすねひいて待っているという話だ。
中山　しかし、復帰協議会の議長となれば、講演会や学習会をするのとはわけが違う。私は、体力的にも自信がない。
芳朗　復帰運動のリーダーは、泉先生、あなた以外考えられません。
中山　その根拠は？
芳朗　根拠?うん。まずあなたは共産主義者ではない。アメリカの嫌う反米ではなく、むしろ親米的だと思われている。二番目があなたの純粋な詩精神だ。俗世間の誘惑には決して汚されない高潔さを持っている。三つ目が、博識と指導力を兼ね備えた人間としての魅力だ。
中山　ずいぶんともちあげますね。
芳朗　革命なら私の仕事です。しかし、奄美にとって革命は必要ではない。民族の独立と解放が必要です。私は私の思想の衣を捨てて、君の黒子になって復帰運動に取り組むつもりだ。

芳朗　思想の衣を捨て、黒子に。
中山　泉君、大英帝国と裸で闘ってインドの独立を勝ち取ったガンジーになってください。
芳朗　ガンジー。（芳朗、遠い目をする。思い定めたように、中山に向き合う）中山君、よくわかった。若い頃にタゴールの詩をよく読んだ。あのノーベル文学賞を手にしたタゴールに敬愛されたガンジーだ。私のこの身も、奄美のために献身できたら何の悔いもない。（芳朗、中山に手を出す）中山君、生死を共にしよう。

芳朗の自宅の八畳の間。十数人の男女がひしめいている。

中山　では、ここに「奄美大島日本復帰協議会」が正式に発足したことを宣言する。
全員　よし。
中山　では次に、協議会議長の選任にうつります。
楠木　私は泉芳朗さんを最適格者として推薦します。理由は私がいちいち申し上げるまでもなく、みなさん誰もがご承知のとおり、彼ほど公平無私の人間はおりません。博識であり、指導力もあります。何より教職員を含めて、全郡的に信頼されています。二十余万郡民を一つにまとめるために一番大切な条件を備えています。協議会の議長には彼をおいて他には考えられません。

全員　よし。

中山　泉芳朗さんの推薦がありました。承認される方は拍手をお願いします。

全員　(盛大な拍手)

中山　では、奄美大島復帰協議会議長に満場一致で泉芳朗さんを選任します。

全員　よし。

芳朗　泉です。ひとこと言わせてください。私は奄美大島の日本復帰は民族、歴史、文化的に見て当然実現されるべきものであり、終戦このかた二十余万全住民のひとしく望んでいるところであると考えています。講和会議を目前にひかえ、我々の悲願である日本復帰を全住民の血の叫びとして、今や何らかの形で、全世界ならびに各種国際機関に向かって、意思表示していく必要があると考えています。命あるかぎり奄美二十余万同胞の悲願達成のために邁進したいと思います。

全員　よし。

青年1　先般アメリカのダレス特使が対日講和下打ち合わせのため、東京に来て各界代表と会見をしたという情報が入っています。
青年2　その時に、領土問題に触れたと新聞各紙が報じているようですが、我々奄美群島の民族的意志は伝わっていないものと思われます。
青年3　我々地元の人間が、消極的な態度をもって沈黙を続けることは断じて許されません。
全員　そうだ。
青年1　日本復帰の民族的熱望、その純真なる意志、これをこの際表示しなければ、もう決して二度と表示すべき時期は来ないといってよいでしょう。
青年2　すべての住民がこの民族的必然の心情に立ち返って、お互いに小異を捨て大同につき願望を達成しようではありませんか。
全員　異議なし。
中山　郷土の日本復帰を熱望するわれわれの運動は政治的・経済的ないし思想的背景に利用されるものでないことを確認します。
全員　よし。
中山　では、復帰協議会の活動方針にうつります。

村田　発表します。一つ、誓願運動を実践する組織として、政党ならびに各種団体が、自主的にかつ超党派的に協調して、この協議会を結成する。
全員　よし。
村田　一つ。具体的運動方針は、全住民から自主的な誓願署名を求め、これを協議会本部で一括し、祖国日本政府より国際機関に送達すること。
全員　よし。
村田　一つ。これらの活動に要する経費は、各団体の分担金または一般住民の任意拠出金をもって充当する。
全員　よし。
中山　では次に参加団体の声明文を発表してください。
青年3　奄美連合青年団です。読みます。我が奄美群島においては、軍政府の独善的な政治のもと、人民生活を破綻に追い込み、民族を自滅の危機に陥れている。仕事を求める労働者の群は巷にあふれ、望を失った学生諸君は堕落の一途をたどりつつある。我々は迫りくる民族危機を克服し、民族の幸福と繁栄のため、全人民の先頭に立ち青年団の力と熱を民主大島建設のために捧げる。奄美大島連合青年団

教員　奄美連合教職員組合です。我々は、自由と平和の理念を基盤とするアメリカ政府の公正と信義に信頼し、この好機を逸せず、「民主的で文化的な社会を建設し、世界平和と人類の福祉に貢献しよう」とする教育理念の下に、我々の総意を結集し、公明・清純・真実一路の民族的心情に立脚し日本復帰を切望してやまない。　以上

全員　（拍手）

中山　他の参加団体は時間の都合上、手元の資料をご覧ください。

名瀬市の繁華街。あちらこちらに署名簿を抱えた老若男女が立っている。そこへ署名簿を持った男四人が歩み寄る

青年4　社会民主党

青年5　全官公庁職員

青年6　連合逓信会

青年7　大島郡医師会

青年4　大島高校自治会

青年5　質屋組合
青年6　婦人会
青年7　借地借家人組合っていうのもあったな。
青年4　旅館組合
青年5　それなら浴場組合
青年6　消防団もあった。
青年7　海運同盟っていうのもあったな。
青年4　あったあった。
青年5　もう思いだせないほど多いよ。
青年6　そうだな。さくら会っていうのもあったな。あれは何だ。
青年7　知らないけど何かの団体だろう。
青年4　とにかく多い。
青年5　参加団体でこの数なんだから、個人の署名もいいところいくんじゃないか。
青年6　そうだな。
青年7　みんなやってるなぁ。
青年4　昼間の仕事で疲れているなんて言っておれないよ。

青年6　復帰の署名お願いします。
老婆　私も署名したいんだが。
青年6　ぜひお願いします。
老婆　それができないんだよ。字が書けなくてね。学校に行ってないから。
青年6　それなら大丈夫です。私が別の所に書きますから、それを写して書いてください。お名前は何とおっしゃいますか。
老婆　栄えい
青年6　さかえいさんですか。
老婆　うん、そうだ。えいだ。
青年6　じゃ苗字はさかですか。
老婆　いんや。苗字は栄だ。
青年6　栄田えいさんですね。
老婆　いんや。さかええいだ。
青年6　ああ、栄えいださん。
老婆　いんや。ちがうな。あんた耳悪いのか。
青年6　すみません。耳は悪くないはずなんですが。もう一度だけ。苗字は？

老婆　さかえ
青年6　名前は？
老婆　えい
青年6　はいはい、栄えいさんですね。
老婆　そうだそうだ。
青年6　栄は漢字で、えいはひらがなですかね。（紙の端に書く）こんなでいいですか。
老婆　違うな。なんとのう違う。
青年6　じゃ、こんなふうな字ですか。
老婆　それじゃそれ。孫がそんなふうに書いておった。
青年6　えいはカタカナですね。では、ここの所にこのまんま書いてください。
老婆　（鉛筆をしっかりと握りしめて署名する）これで一仕事終わったな。
青年6　ありがとうございます。
老婆　応援しているからきばれ。
青年6　（深々と頭を下げる）
高校生　あのう。
青年5　署名ですか。

高校生　いえ、違います。署名を拒否する意思表示というのはできないのですか。
青年5　それは署名をしないという方法しか・・・それにしてもどうして君は、復帰に反対なのかな。
高校生　ぼくは、奄美大島は独立すべきだと考えています。今までの歴史をふり返ってみても、大和に復帰したからといっていいことは何もないと思います。
青年5　よく勉強しているみたいだね。
高校生　はい。天皇陛下ですら奄美を切り捨てました。今さらすり寄っていくところではないと思います。
青年5　我々もそれを考えた。しかし、この小さい島で日本本土の援助なしでは経済的に成り立たない。苦渋の選択だ。
高校生　わかりました。もう少し考えさせてください。
子ども　にいちゃん、僕も復帰の署名させて。
青年4　・・・
子ども　僕、名前書けるから、僕にも署名させて。
青年4　ありがとう、君何年生？
子ども　三年生。

青年４　そうか、それは残念だったな。この署名はね、奄美の大事な運命を決める署名だから、十四歳にならないとできないことになっているんだよ。
子ども　ぼくもしたかったたな。
青年４　君さっき、復帰の署名って言ったね。復帰って何だか知ってる？
子ども　知ってるよ。日本にもどるってことでしょ。そんなの一年生でも知っているよ。
青年４　そうか、えらいな。
子ども　えらくなんかないよ。復帰したら、教科書で勉強できるってみんな言っているよ。僕、教科書っていうの使って勉強したい。
青年４　そうか、兄ちゃんたちが頑張って、必ず復帰させるからな。ありがとうね。

芳朗の自宅、八畳の間。四人の男がちゃぶ台に向かい顔を寄せ合っている。

楠木　奄美大島と日本との民族的関係から書きだすか。
村田　それはちょっと唐突にならないか。
楠木　それもそうだ。じゃ、まえがきとして二、三行入れた方がいいな。
中山　この陳情嘆願書は、総司令部、国際連合、極東委員会、駐日理事会に発送するんだから、一言一句、ミスは許されん。

男が一人、あわてた様子で飛び込んで来る。

芳朗　何だ。何かあったか。
男性　いえ、署名用紙が足りません。
村田　何だそんなことか。そこにある、いっぱい持って行け。
男性　どこですか。
村田　そこそこ、山積みになっているだろう。
男性　ありません。
村田　なんだと。（立ち上がって、見に行く）おっ、残りはこれだけか。

若い女性がげたをならして駆け込んで来る。

女性　すみません。署名用紙をいただきにまいりました。
楠木　町内会の方？

女性　そうです。
楠木　どちらの？
女性　金久です。
楠木　金久なら持って行ってるはずだけど。
女性　はい、持って行った分は全て終わりました。
楠木　終わった？たった二日で？
女性　はい。みなさん署名用紙が廻って来るのを待っておられたようで。
芳朗　そうですか。ごくろうさまです。

高校の制服姿の男子高校生が来る。

中山　何だ。君も署名用紙か？
高校生　はい、署名用紙が足りません。
中山　学校で廻したのか。
高校生　自治会で取り組みました。
中山　そうか。で、どうだ。

高校生　ほぼ全員が署名に応じています。
中山　そうか、若い者はたのもしいなぁ。
村田　先生、署名用紙がもうこんだけしか残っていません。
芳朗　全部渡してください。すぐ増す刷りしましょう。
村田　はい。
芳朗　夜分、ご苦労様です。足下にお気をつけて。
四人　ありがとうございます。
高校生　署名は終わり次第こちらに届けます。
芳朗　お願いしますよ。

四人、また額を寄せ合う。

村田　たいへんなことになっていますね。
芳朗　そうみたいですね。
楠木　これこそ、うれしい悲鳴ってとこですかね。
中山　我々もうかうかしておれないよ。何としても今夜中にこの陳情嘆願書をつく

りあげないと。

楠木　予定より署名が早く終わりそうだし。

芳朗　それだけ奄美の住民にとって復帰が切実だったということの証だね。急ごう。

楠木　まえがきは、泉先生にまかせて、私は我々奄美大島二十二万余の人民が、血涙の悲願として、祖国日本への復帰を切望していることを訴えよう。

村田　じゃ、私は奄美大島と日本の民族的関係を書こう。言語、信仰、風俗、習慣、墳墓の形態などを全く同じくすることから見ても同一民族であることははっきりしているってことを。

中山　奄美大島と日本との歴史的関係については、ちょっと書きづらいなぁ。

芳朗　そこは、私が書こう。中世においては時の大和朝廷は、奄美大島に使節を派遣していること、近世においては薩摩藩の領地となっていること。そして、その後四半世紀にわたって、完全な日本国土として、内外共に認められてきたこと。明治維新によって廃藩置県が行われてからは、鹿児島県の行政官下に編入されて今日におよんでいる事実を書くことにしよう。

楠木　そうですね。事実のみを書く方がいいですね。

中山　どの時代も日本本土が奄美大島を継子扱いしてきたということには触れない

芳朗　方がいいでしょう。

楠木　忸怩たる思いはあるが、この際しかたがない。

芳朗　では、私は経済的関係について書きます。

楠木　ぜひ。

芳朗　奄美群島の主要産物である黒砂糖、大島紬、かつお節などは、その需要先がすべて日本であるために、日本と分離されたことにより、完全に破壊され全人民が失業と飢餓におちいっていることを書きます。

楠木　大島紬の日の丸の旗印を鹿児島本土の紬業界が使用しているらしいね。

芳朗　はい、くやしいです。もともと奄美大島の特産品である大島紬の印なんですが、鹿児島がちゃっかり使っています。

中山　我々には、日の丸を使うことが許されていませんから。

楠木　旗さえも許されない。親元の国家がないということは悲しいものですね。

芳朗　泣き言を言っている暇はない。とにかく、この嘆願書に全ての思いを込めることにしよう。そして、署名と一緒にしかるべき機関に届ける。それが今の我々の一番重要な仕事。急ごう。今夜は徹夜だ。

三人　はい。

芳朗の自宅、八畳の間に、座卓を中にして、四人が十文字に寝ている。
一番鳥が、夜明けを告げる

住民　泉先生、朝早くにすみません。起きておられますか。泉先生。
喜栄子　(奥から出て来る) はいはい、今開けます。
住民　おはようございます。こんな時間にすみません。仕事に行く前にこれを届けようと思いまして。
喜栄子　署名ですね。まぁまぁ、ありがとうございます。どちらの分ですか。
住民　はい、龍郷村、六千三百四人、全員の署名です。拒否者ゼロです。
喜栄子　拒否者ゼロ?
住民　はい。ゼロです。
喜栄子　では龍郷村の住民全員が復帰を望んでいるということですね。
住民　はい、そのようです。我々は、けっして署名は強要してはならないということを徹底しましたから。
喜栄子　お疲れさまです。泉にもそのように伝えておきます。お気をつけてお帰りく

ださい。（喜栄子が引戸を閉めて中に入ろうとすると、また新たな住民が来る）

住民　ああ、よかった。起きておられましたか。

喜栄子　ええ、たった今、龍郷の方が帰られたところです。

住民　やっぱり署名ですか。

喜栄子　ええ、そうです。もしかしてあなたも？

住民　そのとおりです。宇検村、四千六百八十四人の署名を持ってまいりました。拒否者はわずか三名です。

喜栄子　そうですか、ありがとうございます。

住民　三名の者は、大和世を嫌っている者二名、奄美独立を唱える者一名です。

喜栄子　みなさん、それぞれ深い思いをもっておられるのでしょう。三名の方たちが不快な思いをなさらないといいのですが。

住民　そうですね。帰ったら、そのように伝えます。

喜栄子　お疲れさまです。泉たちはは明け方まで、嘆願書の電文を書いておりまして、たった今横になったところです。

住民　泉先生にもよろしくお伝えください。

芳朗、頭をあげる。

芳朗　誰か来たか。
喜栄子　龍郷村と宇検村の署名が届きました。龍郷村は拒否者ゼロ、宇検村は拒否者三名だそうです。
芳朗　そうか。
楠木　すごい数だな。（背中を起こす）
村田　聞こえた。すごい数だ。
中山　署名が始まってまだ、五十日足らずだよ。
村田　わたしたちもぐずぐずしておれませんね。
楠木　一気に目が醒めてしまったわ。
芳朗　日本復帰に対する住民の熱烈な要望だ。
中山　そうですね。身が引き締まります。
楠木　これからぞくぞく届くのではありませんか。

そこへ、数人の靴音、下駄の音が入り交じってやって来る。

住民　おはようございます。大和村の署名です。三千九百四十二人、全員分です。
住民　三方村、六千百六十三、拒否者八名。これが〝全員の分です。
住民　西方村、二千六百七十六。
住民　実久村、二千九百十二。
住民　鎮西村、四千三百五十。
住民　古仁屋町、七千四百四十七。拒否者、二名。
村田　ありがとう、ありがとう。
楠木　お疲れさまでした。
芳朗　おひとりおひとりの思いをしっかり受け取りました。お帰りになったら集落のみなさんにそのようにお伝えください。
全員　よろしくお願いします。
住民　後は復帰協議会に一任します。
住民　一日も早い日本復帰を実現させてください。
芳朗等　（うんうんとうなずく）
喜栄子　（奥からそろばんを持ってやって来る）あなた、すごい数です。

村田　先に届いているのが、住用村の二千七百九十六、笠利村の七千四百七十八、喜界町の七千五百二十三、早町村、亀津町、天城村、伊仙村、和泊町、知名町、与論町、十島村。それに、名瀬市の二万五十三人を加えると、十三万九千三百四十八人、拒否者はわずか五十六人です。
楠木　十三万九千三百四十八人！
喜栄子　割合は？
村田　はいはい、ちょっと待ってくださいよ。
喜栄子　こういう時、奥さんが計算が速くて助かるね。
楠木　九十九・八パーセントです。
村田　九十九・八パーセント。
　　　群島住民中、十四歳以上のじつに九十九・八パーセントが祖国復帰を希望しているということか。
中山　こわいほどの数字ですね。
村田　まさか、この署名の山がむだになったりは・・・・。

居間のラジオの音量があがる。ラジオからニュースが流れる。

ラジオ　臨時ニュースをお伝えします。日本国政府は、本日講和条約の草案を発表しました。その内容は「二十九度以南の琉球諸島、小笠原諸島、その他南方の島は米国の信託統治下におく」というものです。繰り返します。日本国政府は・・

喜栄子　そんな・・・

芳朗　なんてことだ。

村田　むだになった。（がっくりと座り込む）

中山　信託統治下におく・・・

楠木　日本政府は、あっさりと我々を切り捨てた。

中山　琉球なんて、日本本土から見たら、所詮捨て石にすぎないのさ。

村田　人身御供だよ。アメリカさんへの捧げ物。

楠木　この署名に込められた民意なんて、やつらにはわからないんだよ。

中山　これだけのものが全てまぼろしか。徒労だったな。

芳朗　いや。そうはさせない。

喜栄子　だって、あなた。

芳朗

今日発表されたのは、あくまでも草案だ。決定したわけではない。まだ時間がある。まだやれることはある。私は完全復帰を勝ち取るまで、あきらめない。

所、変わって、名瀬小学校、運動場。郡民総決起集会。奄美全域から小学生を含む約一万人の群衆が参集。「信託統治絶対反対」「条約第三条撤廃」「死を賭して平和を闘いとれ」「祖国日本へ復帰貫徹」「日本人は日本へ還せ」などのプラカード。

焼け付く太陽。あちらこちらから聞こえる「日本復帰の歌」

♪一　太平洋の潮音は　わが同胞の血の叫び
　平和と自由をしたひつつ　起てる民族二十万
　烈々祈る大悲願
二　われらは日本民族の　誇る歴史を高く持し
　信託統治反対の　大スローガンの旗の下
　断固と示す鉄の意志
三　目ざす世界の大理想　民族自決独立の

われらが使命つらぬきて　奄美の幸と繁栄を
断固譲らん民の手に
四　二十余万の一念は　諸島くまなく火と燃えて
日本復帰貫徹の　のろしとなりて天を焼く
いざや団結死闘せん
民族危機の秋ぞ今

民衆　もうダメじゃないかね。
民衆　そんなことはない。あきらめるのはまだ早い。
民衆　ご先祖様は、薩摩の使用人。子孫の我々はアメリカの使用人にされてしまうのか。
民衆　そうならないように、がんばっている。
民衆　そうだな。島の人間のほとんどが望まないことが、そんなに簡単に決められては困る。
民衆　復帰協議会は、方々に電報を打って抗議しているよ。
民衆　「信託統治情報に住民の失望は深刻である。悲願達成に最後まで死闘する」とね。
民衆　そうか。うちらも同じだ。
　　異常にどよめく人々の声
民衆　軍政官だ。
民衆　バーロ大佐だ。
民衆　中江知事もいっしょだ。
民衆　何だ、何だ。
民衆　何があったんだ。
バーロ　中江、お前は約束を違えた。刑務所に入れてやるぞ。
中江　何のことですか。
バーロ　反米集会は、布告三十二号に触れる。中止せよと言ったはずだ。
　泉はどこだ。
　　バーロ、C－Cの将校等が泉を取り囲む。

バーロ　泉、反米集会をただちに中止しなければ、お前を逮捕する。
芳朗　これは反米的な集会ではありません。我々日本人は日本に還して欲しいと言っているだけです。決して反米感情にはつながりません。
バーロ　それはお前のいいわけか。
芳朗　いいわけではありません。全住民が等しく願っている事実を、貴官らをはじめ関係国の国民や政府役人らにも十分知ってもらいたいと考えています。
バーロ　それが反米的だと言っているんだ。
芳朗　我々奄美の住民が貴官らの敵国ソ連や中共に帰属したいと欲するならば、この決起集会は紛れもなく反米集会です。しかし、そうでないことは、貴官が一番知っているはずです。
バーロ　ではあのプラカードは何だ。信託統治絶対反対という標語は、米軍の占領政策を根本から覆そうとする反米行為の表れだ。
民衆　そんなことない。
民衆　我々のほんとうの気持ちの表れだ。
民衆　そうだそうだ。

民衆　こいつら何を言っているんだ。
民衆　アメリカ兵は早く、おっ払え。
民衆　打ち懲らせ。
バーロ　中江、この者たちは何と言っている？
中江　はい。標語が気にさわるようでしたら、プラカードは下ろさせます。
バーロ　それに、あの子ども等は何だ。子どもまで巻き込むとは何ということだ。
中江　はい。小中学生を巻き込むなということであれば、直に帰宅させます。
バーロ　それがいい。
中江　復帰運動に特定の思想集団が付け入る隙はありません。赤化される心配は毛頭ないからご安心ください。
バーロ　そうか
中江　貴官の裁量で事は決まるのですから、どうか温かい気持ちで我々の行動を見守ってください。
バーロ　（うんうんと二度うなずく）
中江　（民衆に向かって）炎天下ごくろうさまです。ただいまこの集会は軍政官の許可がおりました。ただし、皆さんが今持っているプラカードは下ろしてください。また、小中学生は帰宅してください。以上よろしくお願いします。

プラカードが一つまた一つと人並みの中に沈む。バーロ等、そそくさと引き揚げる。

中山　只今より総決起集会を開会します。

芳朗　奄美大島復帰協議会議長の泉です。今本土では、我々一般人の誰もが差別されることなく、自由平等に関する国家的保障の下で、人間らしく生きることの出来る社会状況が着々と実現しつつあります。我々島人たちは、いつまでも抑圧された苦難史の中に閉じ込められたままじっとしていてはならないのです。立ち上がるべき時期が来たのです。行く手にどんな障害物が横たわっていようとも、それを押しのけて民族自決への花道を切り開こうではありませんか。私は最後の一人になっても祖国復帰の日まで死闘を続けます。

民衆　そうだ。日本人は日本へかえせ。（プラカードをあげる）

民衆　聞け、民族の叫び（プラカードをあげる）

民衆　条約第三条撤廃（プラカードをあげる）

民衆　信託統治絶対反対（プラカードをあげる）
民衆　復帰貫徹（プラカードをあげる）

群衆の中から間断なく雄叫びがあがる　賑やかな指笛　日本復帰の歌声があちこちであがる。

民衆　さぁ、帰ろう。今日は、うーんと遠回りして、名瀬市内を一周して帰ることにしよう。
民衆　そうだな。名瀬市内を一周して帰ろう。
民衆　そうしよう。そうしよう。
民衆　いいね、いいね。これはデモ行進ではありません。消却処分をしようと思って家に持ち帰るところですって言えばいい。

一万の群衆、町を練り歩く。

千九百五十一年八月、所変わって、高千穂神社の境内。せみしぐれのふりしきる中に芳朗が黙然として座っている。

住民1　あら、久しぶりね。元気にしてた？
住民2　元気よ。もしかしてあなたも、見に来たの？
住民1　あら、あなたも？
住民2　そう。断食悲願と言えば、どんなことするのかと思ってさ。
住民1　見物できるものは何もないよ。ロイド眼鏡にちょび髭のおじさんがね、拝殿の板の間にじっと座っているだけさ。
住民2　ちょっとだけ見ていこう。
住民1　今、拝殿に座っている人、お社の神様のまぶりじゃないの。
住民2　そうかもしらんね。五日間も水だけ飲んで過ごすらしいよ。
住民1　それが断食っていうものなんじゃないの。
住民2　人間が五日間もものを口にしないでおられるものかな。
住民1　誰も見ていないところで食べるんじゃないの。
住民2　そうかもね。

二人、立ち去る。

住民3　今日で三日目よ。あのおじさんまだ座っているよ。
住民4　私、神社の近くに住んでいるから知っているけど、ほんとに何も食べてないよ。
住民3　おなか空いているだろうね。
住民4　かわいそうだから何か持って行く?
住民3　それじゃ断食にならないんじゃない?
住民4　そうか。じゃ、私たちもいっしょに座ろうか。
住民3　いいね、いいね。応援にもなるし、そうしよう。

二人、拝殿に近寄る。

住民4　すみません。私たちもいっしょに座らせてください。
芳朗　どうぞ。
住民3　おなかすきませんか。
芳朗　もうそういう感覚はなくなりました。

住民4　そうですか。
住民3　先生のことを町の人が「奄美のガンジー」ってよんでいることを知っていますか。
芳朗　「奄美のガンジー」ですか。光栄ですね。
住民4　私も女ガンジーになります。
芳朗　それはそれは。

亀田、楠木、中山が神社の階段をのぼって来る。

亀田　先生、水をお持ちしました。お加減はどうですか。
芳朗　まずまずだ。
亀田　そうですか。奥様がとても心配なさっています。肺病みの先生が無事に戻って来られるようにと、手を合わせておられます。
芳朗　そうか。喜栄子にはここに顔を出すなと言ってある。
亀田　奥様は、十分承知しておいでです。
芳朗　そうか。

亀田　先ほど人影が見えましたが・・・。
芳朗　うん、つぎつぎに応援が来ているよ。しかし、一日も耐えきれずにみんな降りていくよ。
亀田　そうでしょうね。あちらこちらで応援の断食祈願が始まっているそうですよ。
芳朗　そうか。
亀田　はい。奄美和光園では、ハンセン病の患者さんたちまで、断食祈願に入っております。
芳朗　患者さんたちまで。
亀田　はい。浮いた一日分の食費は復帰協議会にカンパするそうです。
芳朗　ありがたいことだ。
亀田　文字通り「死闘」でございますね。
中山　泉先生、いよいよですね。長い長い五日間でした。
芳朗　そうだな。きみたちにもご苦労をかけた。
中山　夜が明けてきました。
楠木　あれは？
村田　すごい人だ。名瀬小学校の校庭で二十四時間の集団断食に突入した者たちが、

中山　ここにやって来ますよ。
楠木　約一万人だと言っていたな。
芳朗　人の波が境内に登ってきます。
楠木さん、ちょっと手を貸してくれ。（よろめきながら、立ち上がる）
芳朗、両足を踏ん張って、群衆の前に立つ。一遍の詩を読み始める。群衆のどよめきはしずまり、せみしぐれもなりをひそめる。

断食悲願

ここは北緯二十九度直下
奇妙不可解な人為の緯線が
のろわれた民族の死線に変わろうとしている
目にみえない首枷をつくろうとしている
たえがたい責苦の檻になろうとしている

されどこの土　歴々やまとあまみこの国
町の奥がに　厳々　高千穂の社はそびえ
太祖伝承の神域に　今わたしは端座している
仰げば脈々たる樹枝
天冲に合掌して
二十余万の民の大悲を訴えるに似ている

わたしはただ一介痩身の無名詩人
樹間に沸く無量の感に涙しぼり
地に満つる落葉や雑草にも
無情の声を呑み
天かける白雲に
うたた民族流離の歌をきく

よしや骨肉ここに枯れ果つるとも

八月の太陽は
燦として　今　天上にある
されば　膝を曲げ　頭を垂れて
憤然　五体の祈りをこめよう
祖国帰心
五臓六腑の矢を放とう

万雷の拍手鳴りやまず。泉、ゆっくりと天を仰ぐ。

亀田　「わたしはただ一介痩身の無名詩人・・・・」（そっとつぶやく）
泉先生、あなたは、復帰協議会の議長であっても、魂はいつでも詩人なんですね。

六幕

祖国に帰る

時　千九百五十一年（昭和二十六年）

所　奄美大島　東京

人　芳朗　喜栄子　村田　楠木　木村　秘書　大野衆議院議長
星村外務次官　緒方官房長官　本多国務大臣　岡崎外務大臣
吉田総理　重成知事

ナレーション　千九百五十一年（昭和二十六年）九月八日
サンフランシスコ平和条約成立

喜栄子　あなた、また来ていますよ。

芳朗　ＣＩＣのシーハンだろう。気にするな。この頃は、私の周りに二十四時間誰かが張り付いている。

喜栄子　気にするなと言われても、気持ちのいいものじゃありません。あの人たちは何を心配しているのでしょう。あなたが名瀬市長になったからですか。

芳朗　それもあるだろう。復帰協議会の議長という肩書きと違って、選挙で選ばれた名瀬市長という役職は公的なものだからな。

喜栄子　そうですね。アメリカは何と言っても民主主義の国ですから、かってに手が出せない。
芳朗　ほんとうのねらいは復帰協議会の組織を壊滅させたいのだろう。彼等は、復帰運動が共産主義と結びつくのを一番恐れている。
喜栄子　復帰運動が敵国の思想と結びつくのを恐れているということですか。
芳朗　そういうことだ。
喜栄子　九十九パーセントあまりの人が望んでいる民族運動だというのに。やっぱり、朝鮮半島の動きのせいでしょうか。
芳朗　それは間違いないね。隙あらば私の個人的なスキャンダルでも見付けて、ぶち込もうって算段だよ。
喜栄子　個人的スキャンダル？
芳朗　例えば、この前の日の丸事件だよ。
喜栄子　軍人遺族会の時に「心に日の丸を立てよ」と言って、あなたが日の丸を見せた、あの事件ね。
芳朗　「日の丸を掲揚してはいけない」という布告三十二号に触れるというんだからね。

喜栄子　あなたを検挙に来たと言われた時は、どうなることかと思いました。
芳朗　「日本語で掲揚ということは屋外でひるがえすことであって、あれは単に話の手段として日の丸を見せただけだ」と、いくら説明しても埒があかん。
喜栄子　理屈はどうであれ、一度軍政府へ連行されたら、もう二度と家に帰されないのではないかと、あの時はもう心配で心配で生きた心地がしませんでしたよ。
芳朗　大和本土では、日の丸は軍国主義の象徴として、問題になっているらしいが、奄美では、日の丸イコール本土復帰ととらえているからね。
喜栄子　だから、日の丸を掲げたい。私、重成知事が奄美を来訪した日のことが忘れられません。
芳朗　そうだな。子どもたちはみんな桜の花の旗を振った。
喜栄子　ええ、みんなクレヨンで描いた桜の花を振りました。「ぼくらをほんとの日本の児にしてください」「奄美を早く日本に返してください」と、旗を振りました。
芳朗　あれには、重成知事も痛く心を動かされたようだよ。あれ以後、鹿児島サイドから積極的に動いてくれている。
喜栄子　あなた、近々東京に発たれるのでしょう。
芳朗　知っていたか。

喜栄子　それはわかりますよ。ＣＩＣは、ごまかせても私の目はごまかせません。
芳朗　おお、こわいこわい。（声をひそめて）陳情だ。村田と楠木も一緒だ。
喜栄子　まだ渡航許可はおりないのですか。
芳朗　軍政府のやつらはいろいろな手を使って妨害してくる。しかし、何とかかわしてみせるよ。何としても奄美の実情を大和に知ってもらわないといかん。命がけだ。
喜栄子　またですか。命がいくらあっても足りませんね。

千九百五十二年（昭和二十七年）十二月
東京、議員会館

村田　木村国務大臣であられますね。私、奄美大島からまいりました。こういうものです。
木村　ふん。
芳朗　奄美大島の名瀬市長の泉です。奄美大島の本土復帰のお願いにまいりました。
木村　ふん。

芳朗　現在、奄美大島は、北緯二十九度線で・・・
木村　要するに返してもらえばいいんだろう。（そそくさと引き上げる）
楠木　なんという態度だ。
村田　我々が私有財産の境界陳情にでも来ているみたいに見ている。
芳朗　次、行こう。

場所変わって、大野衆院議長室

楠木　奄美大島からまいりました。面会してくださりありがとうございます。
秘書　手短に。
芳朗　はい。奄美大島がアメリカの信託統治下におかれていることは、ご承知のことだと思いますが、信託統治下で経済の疲弊と教育の荒廃が加速し、目を覆うばかりの惨状を知っていただきたく、本日はこうやって陳情にまいりました。
大野　（無表情で）わかっている。
秘書　では次の方。

三人、押し出されるように退席
場所変わって、外務省

芳朗　よろしくお願いします。奄美大島の実情を知っていただくためにまいりました。
星村　おおむね了解している。
芳朗　それは心強いです。
星村　しかし、三条撤廃は無理だな。
芳朗　つまり、アメリカの信託統治は固いということですか。
星村　大島の復帰は望みがある。ただし、三条の枠内措置だ。
楠木　そうですか。復帰の望みはゼロではないということですね。
星村　ゼロではない。しかし、国際情勢の急変によっては、どうなるか我々にもわからない。
村田　（退出した廊下）ゼロではない。外務商の星村次官の言葉だ。ろうそくの灯りぐらいには、感じられないか。

楠木　小さな光が見えたような気がする。
芳朗　次、行こう。

　　場所変わって、参院議員
　昼食抜きで、各大臣を追っかける。

村田　緒方官房長官。奄美大島からまいりました。ほんのわずかの時間でけっこうです。話を聞いていただけませんか。
楠木　本多国務大臣もよろしかったら、お願いできませんか。
芳朗　これは、奄美大島の民が復帰を求めて集めた署名です。十三万九千三百四十八人、実に島民の九十九・八パーセントの民が日本本土への復帰を望んでいます。我々はこの声を届けにまいりました。
緒方　政府は十分心配している。
本多　閣僚は一致して努力を申し合わせた。
村田　努力・・・ですか。
本多　奄美大島が解決されなければ、歯舞、色丹も解決されないので、まず奄美問題を解決したいと努力している。

村田　そうですか。なにとぞ、よろしくお願いします。

廊下を歩きながら、三人思案にふける。

村田　つまり、こういうことじゃないのかな。ソ連が北方二島を返還する前に奄美を日本に返した方が、アメリカにとっては良策だ。ただし、朝鮮半島の情勢が不透明だから、奄美大島は三条の枠内措置をとり、引き続き占領軍を配置しておきたい。

芳朗　まさに、そのとおりでしょう。

楠木　ということは、我々の奄美大島は、世界の政争の道具として扱われているということになりますね。

芳朗　そうだね。そこに、一人ひとりの人間が食べて、寝て、呼吸をしていることなんて、忘れ去られている。

楠木　午後は岡崎外務大臣との会見ですね。

芳朗、しきりに咳き込む。

村田　泉さん、風邪気味ですね。さっきから咳が止まりませんね。
芳朗　大丈夫だ。二十万島民の思いを背負っているんだ。風邪なんて、言っておれないよ。

岡崎外務大臣との会見

芳朗　私たちは、奄美大島を独立と平和にもっていこうと生命を賭して戦っております。
岡崎　やはり、三条撤廃かね。
芳朗　はい、三条撤廃です。奄美の信託統治地獄で喘いでいる者の姿をご覧になったら、我々の主張が、純粋に復帰を願う戦いだということがわかっていただけると思います。
岡崎　鹿児島県への行政権復活については逐次解決したいと考えている。ただ、防衛の視点から米海軍筋に異論があるもんで今、交渉中だ。

楠木　今、何とおっしゃいましたか？鹿児島県への行政権復活もあるということですか？

岡崎　当面考えていることは、恩給家族援護費の支払い方法、老齢軍人に対する年末手当の支給。他には、学校の教科書及び教員養成の問題、戸籍の問題なども検討中だ。

楠木　ありがとうございます。それだと子どもたちだけでも何とかなります。

岡崎　交通交易の自由問題は、特に緊急を要すると考えている。

村田　実質復帰ってことですね。

岡崎　そういうことになるな。

芳朗　わかりました。奄美にも実質復帰の方が現実的で賢明なやり方だという声もあります。しかし、私は、あくまでも三条撤廃、完全復帰を願っています。

三人、戦後の活気にあふれた東京の町をそれぞれの思いに浸りながら東京駅に向かって歩く。

夜汽車の中

楠木　疲れましたね。
芳朗　うん、疲れた。
村田　神戸に着くのは、明日の朝だ。しばらく寝よう。何も考えずにな。
芳朗　それがいい。

神戸、灘区の小学校。七百人の島出身者が集まる。

芳朗　我々三人、軍政府の妨害を逃れて何とか島を出て来ることができました。東京では関係各方面に片っ端から陳情してまいりました。ただ、いまだに、我々が望む完全復帰への明確な返事はありません。一方的な軍事的人為宣言によって切り離された島々を日本列島の片腕だとしましょう。もぎとられた片腕の部分が痛いと叫んでいるのだから、胴体の部分も少しぐらいは痛みを感じてもらいたい。そう思いませんか。

会場から嗚咽の声。芳朗、ハンカチで口元を押さえる。

芳朗　私は奄美大島の完全復帰が実現するまでは死んでも死にきれません。
　　芳朗、降壇する。楠木の袖を引っ張って洗面所に急ぐ。芳朗、喀血。
　　白いハンカチが血に染まる。
楠木　泉先生、それは・・・。
芳朗　誰にも言うな。

　再び東京。
　首相官邸。吉田総理が和服姿で葉巻をふかしている。重成知事、芳朗、楠
　木が固くなって椅子に座って地図を拡げて説明をしている。
吉田　私は大島の現状については重大な誤謬を犯していた。経済的には、ガリオア
　資金でそうとう潤っていると思っていた。
楠木　資料で説明しましたように、ガリオァ資金は焼け石に水の状態です。
吉田　本土との交流に不自由さはあるものの、アメリカとは自由に交流しているは

楠木　ずだから、文化生活面では本土よりかなり恵まれていると思っていたよ。
　戦略上の理由だけで、二十万の島民を島空間に幽閉しているといったら言い過ぎでしょうか。
吉田　うむ。
重成　奄美における米軍の政策は民生の安定を図るという理念とはほど遠いものです。日本本土との交流を規制する軍部指令だけが優先し、発展につなげる施策が何一つ見いだせません。
吉田　うむ。
重成　奄美大島は想像を絶する飢餓と貧困に喘いでいます。もはや一刻の猶予も許されない状態です。私は現地を視察してその思いを強くしました。
芳朗　アメリカがいくら民主主義の国とは言え、異民族による信託統治の酷さです。
吉田　ようく、わかった。大島郡民の復帰運動が単に精神的な苦痛からだけでなく、経済生活の面からも必然的な要望であることがよくわかったよ。今後は十分配慮するつもりだ。
芳朗　ありがとうございます。総理はワンマンの聞こえが高いので、内心ひそかに用心していましたが、お話を伺っていると、なぜか自分の親父に会っているような気持ちになります。

吉田　いや、何、「ワンマン」は、新聞記者がかってに付けた名前だ。いやいや君も新聞記者だったな。（楠木の方を向いて豪快に笑う）

ネオンがきらめき始めた東京の町の中

楠木　東京の夜も今夜が最後ですね。

村田　島を出てから五十日、長かった。

芳朗　長かったですね。しかし、やれることはみんなやった。

村田　泉先生にとっては、十四年ぶりの東京でしたのに、けっきょく昔の詩のお仲間ともゆっくりできませんでしたね。

芳朗　また、いつか機会があるでしょう。奄美が本土に復帰したら、必ず、きっと。

重成　そうです。奄美の本土復帰は近い将来必ず実現します。

芳朗　お礼が遅くなりました。関係各機関への橋渡し、ほんとうに感謝に堪えません。重成県知事のお力添えがなければ、これほどのことはできなかったでしょう。

重成　いえいえ、国を相手に私にできることといったら、この程度のことです。申

芳朗　し訳なく思っています。
奄美大島が本土に完全に復帰できた暁には、威の一番に重成県知事の功績を讃えます。
重成　奄美大島が復帰する日まで、私も粉骨砕身努力します。
芳朗　ありがとうございます。
楠木　ありがとうございます。
村田　ありがとうございます。
重成　こうやって目を閉じると、私には、今も小学生が振っていた桜の旗が見えます。
芳朗　着々と復興している東京のネオンの中にいると、私には島の漆黒の闇が見えます。真っ暗の海、灯り一つない黒々とつらなる山々。肩を寄せ合う島の人々。
村田　しかし、東京にいる人間にはきっと何も見えないでしょう。
芳朗　暗い所からは明るい所がよく見えるが明るい所からは暗い所は見えない。これはかの西郷の言葉だそうですが、まさに真実ですね。
楠木　(しずかに歌いだす)
♪　われらは日本民族の　誇りと歴史を高く持し
信託統治反対の　大スローガンの旗の下

断固と示す鉄の意志　（このフレーズ、いきなり泣き叫ぶように）

千九百五十三（昭和二十八）年八月八日午後八時
泉、八畳の間で横になってラジオのニュースを聞いている。

ラジオ　米韓条約の仮調印を終えて帰国の途路、東京に立ち寄ったダレス国務長官が、吉田首相らとの会談後の記者会見で次のように発表しました。「米国は対日平和条約三条に基づく奄美大島諸島に対する権利を放棄し所要の取り決めが日本政府との間に完了次第日本に返還することを希望している。」繰り返します。ダレス国務長官が奄美大島を日本に返還する意志のあることを発表しました。

芳朗　喜栄さん、喜栄さん。（体を起こし、かなきり声で呼ぶ）ちょっと来て。
喜栄子　何ですか。あなたらしくもない。大きな声で。
芳朗　これ、これ。
喜栄子　ラジオがどうかしましたか。

芳朗　ニュース、ニュース。今のニュース。よく聞いて。
ラジオ　ダレス国務長官が奄美大島を日本に返還することを希望していると発表しました。
喜栄子　（割烹着で手を拭き拭き、耳を澄ます）日本に返還を希望する？どういうこと？
芳朗　三条撤廃。完全復帰だよ。
喜栄子　ほんとに？ほんとなの。
芳朗　そうだよ。そういうことだよ。
喜栄子　こんなに突然。あなたにも何も知らされてなかったの？
芳朗　聞いてない。全く聞いてない。
喜栄子　どうしましょう、どうしましょう。
芳朗　どうしましょうって。喜べ、喜ぶんだよ。
喜栄子　そうですね。でも、何だかにわかに信じられなくて。（喜栄子、室内をうろうろする）
芳朗　ニュースで言っているんだから間違いない。
喜栄子　じゃ、あなた喜びましょう。
芳朗　どうやって？

喜栄子　喜び方までお忘れですか。ばんざいとか何とか言いましょう。
芳朗　ばんざい。ばんざい。
喜栄子　何だか怒っているように見えますよ。
芳朗　そうか。いや、とにかくよかった。よかった。（深いため息をつく）
中山　泉先生、泉先生。おられますか。中山です。
芳朗　おお、中山さん。
中山　ニュース、聞きましたよね。
芳朗　聞いたとも。
中山　信じられません。
芳朗　私もだ。
村田　泉先生、村田です。
芳朗　おお、村田さん。
村田　中山さんも。泉先生、すぐ着替えてください。
芳朗　そうかそうか。
村田　名瀬小学校には、提灯を片手にどんどん人が集まって来ています。
芳朗　そうか、そうか。

村田　楠木さんが、ジープを手配してじき、ここに来ます。
芳朗　そうか、そうか。
村田　突然で、びっくりですね。
中山　嬉しい誤算です。
村田　いきなりこんなおもいきったことを発表したのは、どういうことなんでしょうね。
中山　ソ連の機先を制して手を打ったのかも知れないな。
村田　朝鮮半島が休戦状態になったら、ソ連が新な平和攻勢に出るかも知れないし、千島樺太の日本返還を提案したら、アメリカは国際社会で遅れをとることになることを危惧したということですか。
楠木　泉先生、村田さん。乗ってください。（ジープを横付けにする）
芳朗　ありがとう。ありがとう。
楠木　名瀬の市街地を走りますから、先生よろしくお願いします。
芳朗　わかった。中山さんや村田さんも言っていたように、アメリカの思惑もいろいろ考えられるが、とりあえず今夜は、復帰を喜ぼう。アメリカの好意でもいい。ダレス国務長官のプレゼントでもいい。とにかく、我々は信託統治という地獄から解放されるのだ。
村田　あの車は、連合青年団だ。
青年団　復帰ばんざぁい、ばんぁざい。ばんざぁい。
村田　ばんざい、ばんざい。来た来た、また来たよ。
中山　教職員組合だな。どんどん来るなぁ。
組合　ばんざぁい、ばんざぁい。ばんざぁい。復帰ばんざぁい。
芳朗　ばんざぁい、ばんざぁい。みなさん、ありがとうございます。
今日から日本人として、八千万国民と共に世界平和のために、努力、貢献していきましょう。

ナレーション　千九百五十三（昭和二十八）年十二月二十五日午前零時
奄美大島 母国完全復帰
花火が打ち上げられ、祝賀のサイレンが鳴り響き、神社の太鼓が打ち鳴らされる。屋外宣伝のスピーカーから、「君が代」が流される。市街地のいたるところで万歳の嵐。芳朗、提灯を片手に神社の境内に向かう。芳朗の後に続く人々。

芳朗　（胸を張り、遠くを仰ぎ見る）

今ぞ祖国へ
流離の日日はおわった
苦難のうず潮は去った
ながい
空白の暦を閉じて
この目に仰ぐ
日の丸の空
見よ
高らかに花火を打ち放って
ぞんぶんに湧きかえる
奄美の山川草木
うからやから

われらもろもろ
いまぞ
祖国に帰る

七幕

赭土の島を這ふて行く

時　千九百五十四年（昭和二十九年）

所　奄美大島　東京日暮里

人　　　青年　父親　母親　叔母　祖母

義弟　みよ子（妹）　英（詩の仲間）

ある農家の庭。二人の女性がむしろの上で蘇鉄の実を割っている。横には、竿に絹糸をのり付けして干している男性。室内では、若い男性が締め機を織っている。濡れ縁では、老女が糸を繰っている。選挙カーからマイクの音が　聞こえて来る。

マイク　中戸口集落の皆様、こんにちは。今回衆議院議員選挙に立候補しました泉芳朗がごあいさつにまいりました。お忙しいとは思いますが、ほんの少し、泉芳朗にお時間をいただけないでしょうか。お時間がとれる方は、公民館前の広場までおこしくださいますようお願いします。繰り返します。

青年　おっ、今度は泉先生の選挙カーだよ。（機から降りて、ランニングシャツの上に開襟シャツを羽織る）

父親　とうさん、シャツはこれでいい？（父親のシャツを手に取る）
青年　いや、いい。
父親　いいって？そのままで行くの？（ランニングシャツ姿の父親を怪訝そうに見る）
青年　いや、わしは行かん。
父親　どうして？昨日来た保岡武久の演説も伊東隆二の演説も聞きに行ったじゃないか。
青年　ああ。でも、泉芳朗は止めておく。
父親　どうして？昨日まで、奄美が復帰して初めての選挙なんだから、いろいろな先生の話をようく聞いて、投票する人を決めるって、言っていたじゃないか。
青年　あの人は、赤系の人だろう。
父親　赤系？共産党かってこと？
青年　共産党でなくても、赤系ということもあるだろう。
父親　確かに、泉先生はリベラルなものの考え方をする人だよ。しかし、それは決して間違った考えではないということを、復帰運動の中ではっきりしたじゃないか。

父親　復帰運動と選挙は別だ。
青年　どうして？

マイクから音声が流れる。

マイク　八年もの長い間、アメリカの信託統治という檻の中に閉じ込められ、本土との交流を断たれた島の産業は、やせ細る一方で、今や極限状態にあります。私は復興予算で空白の時を埋め戻し、本土並の生活水準に少しでも近づけたいと思います。
青年　そうだよね。その通りだと思う。
マイク　複雑な歴史的転換期の大きな影響を受けている農民、勤労者、零細な中小企業者に対して生活の安定を図るための諸施策を促進することが急務であります。
青年　まったくその通りだ。
母親　しかし、泉芳朗は赤系だろ。
青年　たしかに、本土の方からは社会党のえらい人たちも応援に来たそうだから、革

母親　新系には違いないだろう。
青年　政府に反旗を翻す赤系には復興予算がとれないそうじゃないか。
母親　かあさん、誰がそんなこと言った？
青年　みんな言っているよ。
母親　そんなのはデマだよ。かあさん、「ダイナマイトを投げ込め」って知ってる？
青年　ダイナマイト？
母親　泉は赤だ。赤には、復興予算はとれない。野党の泉には何もできない。そうやってデマを流して、泉陣営をぶっ壊していくやり方だよ。
そんなことは知らないね。でもね、夕べ区長が来たんだよ。保岡が当選したら、ここにりっぱな道を通してくれるんだと。
青年　区長がそんなこと言ったの？それで？
母親　だから、何と言うか、区長は保岡を推すから、みんなもよろしくたのむと。
青年　それで、とうさんもかあさんも「はい、わかりました」って、言ったわけ？
母親　まぁ、はっきりとは言ってないけどね。
叔母　私は言ったよ。保岡に入れますとね。
青年　なんでぇ。選挙というのはね、自分の考えでやるもんだよ。

叔母　自分の考えだよ。持って来たんだよ。銭。
青年　お金？お金で票を売ったの？
叔母　悪いか？
青年　悪いに決まっているだろう。
叔母　そうか。じゃ、誰が私等の口に物を入れてくれる？今日明日のご飯が口に入らなければ、腹が減るんだよ。十円の金でものどから手が出るほど欲しいね。
青年　そんな。
叔母　泉先生は、りっぱだよ。りっぱ過ぎる。泉先生の選挙を手伝っても銭にならん。むしろ自腹を切ってやっているというじゃないか。
青年　それが民主主義っていうもんじゃないか。
叔母　民主主義では腹はいっぱいにならん。
マイク　奄美復興にかかわる重要な施策が、小数のボスの利権のために利用されることなく、直接郡民の血となり肉となるよう、その完成と実現に向けて全力投球する覚悟でございます。
青年　道をつくるっていうのは、まさにこれだよ。一部の土建業者とグルになって、選挙を戦っているんだよ。とうさん、こんなのおかしいと思わないのかい。

父親　うむ。
青年　とうさんは、この集落の中でも学のある人間ってことになっているんだろう。こんなこともわからないのか。そういうのを無知というんだよ。
祖母　やめなさい。親に対して何てことを言うんだ。お前の父親は無知なんかではない。知恵者だ。この集落の中で区長に逆らってやっていけるか。お前がそうやっていきり立っているだけでも、村の者からは変な目で見られている。生き延びるための知恵じゃ。
マイク　泉が皆様と共に復帰運動に注いだ情熱を以降は大島復興のために傾倒させていただけるよう格別のご支援とご協力をお願いします。
ナレーション　千九百五十四年（昭和二十九年）奄美群島特別区初の衆議院議員選挙
保岡武久　二万四千九百五十六票
泉芳朗　一万七千八百七十四票
泉芳朗惨敗
選挙事務所の前をメーデーの群衆が賑やかに通り過ぎて行く。

所変わって、東京、日暮里駅近くの妹みよ子の家。義弟と酒を酌み交わしている。膝の中には蛇皮線

義弟　くるだんど節ですか。いい歌ですね。
芳朗　いい歌だ。私はこの歌を歌う時は喜栄子のことを思うことにしている。
義弟　ねえさんは、お元気で。
芳朗　ああ、元気だ。しかし、あいつには苦労をかけた。
義弟　そうですね。兄さんに会わなければ、姉さんは今頃は、このあたりを闊歩していたかもしれませんよ。
芳朗　しかし、こうやって蛇皮線を手にするのも久しぶりだよ。
義弟　お忙しかったんでしょう。
芳朗　いやいや、選挙に落ちてからはそうでもない。むしろ、時間があり過ぎて、何かこうしっくりこないんだよ。
義弟　今までが、忙し過ぎたんだから、少しゆっくりしてください。
みよ子　（とっくり片手に入って来る）そうですよ。おにいさん。もう肩の荷を降ろし

たんだから、これからは自分のことをしなくちゃ。

義弟　そうですよ。今回は？まさか陳情ということもないでしょう。

芳朗　いやいや、私にはもう何の役職もない。今までの東京の空とは景色が違って見えるよ。

義弟　そうでしょうね。

芳朗　今回は、手頃な値段の印刷機を仕入れたいと思って来たんだけどね。

みよ子　えっ、じゃあ、にいさんまた詩を書くことにしたってこと？

芳朗　すぐさま詩には、結びつかないな。

みよ子　何だ、そうなの。

芳朗　みよ子、詩というのはな、書きたい、書こうと思って書けるものじゃないんだよ。

みよ子　ちょっとわかる気がするけど。

芳朗　アラジンの魔法のランプの話の中でランプをこうやってこすると大男が現れるだろう。

みよ子　ふんふん。

芳朗　あんな風に、こうやって自分をこすっているうちに、まぶり（霊魂）が飛び

義弟　出すように、すうっと出て来る。詩というのはそんなものだよ。
芳朗　言葉で表現されたものは、その人の命そのものだと。
義弟　そうだな。
芳朗　じゃ、にいさんの中からまぶりが出てくるのは時間の問題だな。
　　　そうありたいね。（泉、蛇皮線をつま弾く）久々に歌ってみるか。

歌い始めようとして激しく咳き込む。吐血する。

皇太子御慶事の前日。飯田橋の警察病院。芳朗がベットに横たわっている。

芳朗　英さん、久しぶりに会うというのに、こんなことになっちゃったよ。
英　みよ子さんから聞いてびっくりしました。
芳朗　あいつですか。
英　奥さんがいらっしゃらないと何かと不自由でしょう。電報、うちましょうか。
芳朗　ありがとう。でも、もう少し経過をみてからにしましょう。私の病気は奄美に帰れば治りますから。

英　そうですか。

芳朗　それよりも、英さん、あれを見てください。

花曇りの空。都電の軋みが時々伝わって来る。

芳朗　英さん、あの鳩の真ん中に、昨日も今日も烏が一羽飛んで来てねぇ、中の一羽の鳩を突いてひどく虐めるのだが、他の鳩たちはどれもみな、知らぁん顔をしているんだ。全然無関心なんだ。彼等には、仲間に対する同志愛も、協力精神もないんだなぁ。個人主義者だよ。あの鳩たちは！

英　まぁ、ほんとですね。（二人、しばらく窓の外をながめる）あんまり長く起きていらっしゃるとお疲れになりますよ。もう横になられたらどうですか。

芳朗　そうだな。ちょっと休もう。

ナレーション　千九百五十九年（昭和三十四年）四月九日午後七時二十三分

泉　芳朗　飯田橋の警察病院にて急性肺炎で死去。
享年五十四歳。世間は皇太子結婚の慶事に湧き立っていた。

島

私は　島を愛する
黒潮に洗い流された南太平洋のこの一点の島を
一点だから淋しい
淋しいけれど　消えこんではならない
それは創世の大昔そのままの根をかっちりと海底に張っている
しぶきをかけられても　北風にふきさらされても　雨あられに打たれても
春夏秋冬一枚の緑衣をまとったまま
じっと荒波のただ中に突っ立っている

ある夜は　かすかな燈台の波明かりに沈み
ある日は　底知れぬ青空をその上に張りつめ
時に思い余ってまっかな花や実を野山にいろどる
そして人々は久しい愍みの歴史の頁々に
かなしく　美しい恋や苦悩のうたを捧げて来た
わたしはこの島を愛する

南太平洋の一点　北半球の一点
ああ　そして世界史の　この一点
わたしはこの一点を愛する

毅然と　己の力一ぱいで黒潮に挑んでいる　この島を
それは二十万の私　私たちの島

私はここに生きつがなくてはならない人間の燈台を探ねて――

完

引用

3頁　泉芳朗詩集「赭土の島」より　南方新社
15頁　奄美の民謡と民話　南日本商業新聞社編
35頁　奄美の民謡と民話　南日本商業新聞社編
36頁　奄美の民謡と民話　南日本商業新聞社編
43頁　奄美の民俗　田畑英勝　法政大学出版局
72頁　泉芳朗詩集「光は濡れてゐる」より　南方新社
81頁　泉芳朗詩集「土のみには」より　南方新社
89頁　奄美の民謡と民話　南日本商業新聞社編
93頁　泉芳朗詩集別冊「詩生活」の弁より　南方新社
102頁　泉芳朗詩集「戦争」より　南方新社
108頁　奄美の民謡と民話　南日本商業新聞社編
111頁　奄美の民謡と民話　南日本商業新聞社編

141頁　松竹下加茂作品「流転」より
143頁　「炎の航跡」より一部抜粋　水野修　潮風出版
144頁　泉芳朗詩集「敗戦」より　南方新社
178頁　泉芳朗詩集「慕情　畜生！　俺達は蘇鉄実を喰べるんだい！」より
190頁　奄美の島唄
198頁　「奄美群島の近現代史」より一部抜粋　西村富明　海風社
200頁　「奄美群島の近現代史」より一部抜粋　西村富明　海風社
216頁　「奄美群島の近現代史」より一部抜粋　西村富明　海風社
218頁　日本復帰の歌　作詞　久野藤盛　作曲　静忠義
223頁　「炎の航跡」より一部抜粋　水野修　潮風出版
229頁　泉芳朗詩集「断食悲願」より　南方新社
255頁　「炎の航跡」より　水野修　西村富明
269頁　泉芳朗詩集「島」より

参考文献

新装版　泉芳朗詩集　南方新社
新装版　泉芳朗詩集別冊　南方新社
奄美の民謡と民話　南日本商業新聞社編
奄美群島の近現代史　西村富明　海風社
奄美復帰史　村山家國　南海日々新聞社
炎の航跡　水野修　潮風出版社
大奄美史　昇曙夢　奄美社
全記録　分離期・軍政下時代の奄美復帰運動・文化運動　間弘志　南方新社
奄美の民俗　田畑英勝　法政大学出版局
奄美生活誌　惠原義盛　木耳社
奄美の島唄　小川学夫　根元書房
奄美大島物語　文英吉　南島社
沖縄・奄美の民間信仰　湧上元雄、山下欣一　明玄書房

泉 芳朗　　赭土に唄ふ
ISBN978-4-434-25125-2

2018年8月 8日　初版第一刷

著　者　　大森　弘　江
発行者　　東　　保　司

発行所　　有限会社　櫂歌書房《とうかしょぼう》
〒 811-1365　福岡市南区皿山 4 丁目 14-2
tel 092-511-8111 fax 092-511-6641
e-mail: e@touka.com http://www.touka.com

発売所　星雲社